# Patrick Modiano

## Un pedigree

# 家谱

〔法〕帕特里克·莫迪亚诺 著　李玉民 译

人民文学出版社
PEOPLE'S LITERATURE PUBLISHING HOUSE

著作权合同登记号　图字 01-2016-0177



图书在版编目(CIP)数据

家谱/(法)莫迪亚诺著;李玉民译.
—北京:人民文学出版社,2016
ISBN 978-7-02-011462-7

Ⅰ.①家…　Ⅱ.①莫…　②李…　Ⅲ.①中篇小说-法国-现代　Ⅳ.①I565.45

中国版本图书馆 CIP 数据核字(2016)第 039883 号

责任编辑　黄凌霞　彭　伦　何家炜
装帧设计　汪佳诗

出版发行　人民文学出版社
社　　址　北京市朝内大街 166 号
邮政编码　100705
网　　址　http://www.rw-cn.com

印　　制　上海利丰雅高印刷有限公司
经　　销　全国新华书店等

字　　数　49 千字
开　　本　889 毫米×1194 毫米　1/32
印　　张　3.25
版　　次　2016 年 9 月北京第 1 版
印　　次　2016 年 9 月第 1 次印刷

书　　号　978-7-02-011462-7
定　　价　28.00 元

一九四五年七月三十日，我出生在布洛涅-比扬库尔，玛格丽特路11号，父亲是犹太人，母亲是弗拉芒人，他们在敌占时期的巴黎颇有点名声。我写犹太人，并不知晓这个词对我父亲究竟意味什么，只因当年他的身份证上是这样注明的。兵荒马乱时期，人与人往往邂逅相遇，因此，我从来就没有婚生子嗣的感觉，就更谈不上家产继承人了。

母亲于一九一八年生于安特卫普，童年是在那座城市的郊区度过的，位于基尔和霍博肯之间。她父亲先是当工人，后来成为测量员助手。她姥爷是码头工人。康斯坦丁·默尼耶[①]制作码头工人雕像时，就是请他当的模特。那尊雕像竖立在安特卫普市政厅前面，如今还供

---

① 康斯坦丁·默尼耶（1831—1905），比利时现实主义画家和雕刻家，表现劳动者的生活。

人瞻仰。我还保存着他一九一三年的工资簿[①]，他记录了他卸货的所有轮船：密歇根号、伊丽莎白城号、圣安娜号……大约六十五岁那年，他因失足坠落，摔死在码头上。

母亲还是少女时，就加入了红隼派[②]，在煤气公司干活。夜晚，她听戏剧艺术课。一九三八年，她被电影艺术家和导演约翰·范德海登录用，参加他组织的弗拉芒“喜剧”巡演。一九三八年至一九四一年，她在四部电影里扮演了角色。她成为歌舞演员，在安特卫普和布鲁塞尔音乐厅演出，那里聚集许多来自德国的逃亡者。在安特卫普，她住在霍伦斯塔特街的一个小套间，同两个朋友合居：一位舞蹈演员乔比·范阿伦，另一位莱翁·勒芒斯，算是一位同性恋富翁，约翰·L男爵的秘书和掮客，他死于一九四〇年五月奥斯坦德城的轰炸中。她最要好的男友，名叫隆·朗多，是个室内装饰师，一九四二年在布鲁塞尔相遇，戴着黄星标志。

我缺乏足够的参照标记，就尽量按照时间顺序讲述。

---

① 原文为荷兰语。

② 比利时政府于1928年成立的青年组织，旨在培养青年，尤其弱势群体青年的各种技能，组织文体活动。

一九四〇年，比利时被占领之后，我母亲就在布鲁塞尔。她同一个名叫乔治·尼尔斯的人订婚了。尼尔斯二十岁上就接手经营一家旅店：坎特伯雷饭店。这家饭店的餐厅，当时被宣传飞行中队的军官部分征用了。我母亲就住在坎特伯雷饭店，遇见形形色色的人。所有那些人我一无所知。我母亲在广播电台工作，播送弗拉芒语节目。她还受聘于根特剧院，一九四一年六月参加巡演，沿大西洋和拉芒什海峡的港口，为托特组织[①]所属的劳动者演出，后来又北上，到阿兹布鲁克，为德国飞行员演出。

当年，她是个心硬的漂亮女孩。她的未婚夫送给她一只中国种的长毛犬，她对狗不上心，随便托给别人照看，就像后来她对待我那样。那只长毛犬从窗户蹿出去自杀了。那只狗留下两三张照片，应当承认，它无限触动我的心，我感到同它非常接近。

乔治·尼尔斯的父母，在布鲁塞尔开饭店，十分富有，他们不愿意自己的儿子同她结婚。于是，她决意离开比利时。德国人有意把她派往柏林的一所电影学校，不过，宣传飞行中队的一名年轻军官，是她在坎特伯雷

① 成立于 1933 年的军事工程组织，以其创始人、纳粹分子托特命名，在二战前和二战中，负责德国及其占领地区的工程任务，使用战俘施工。

饭店结识的，帮她摆脱困境，把她送往巴黎，进入由格雷文[1]领导的大陆电影制片公司。

她于一九四二年六月来到巴黎。格雷文在比扬库尔摄影棚让她试了镜头，但这不是决定性的一步。最后她进入大陆电影公司，做“译制”工作，为这家公司拍摄的法语片撰写荷兰语字幕。她成为格雷文的一名助手奥莱尔·比绍夫的女友。

在巴黎，她住到孔蒂河滨路15号，是布鲁塞尔的一个古董商和他朋友约翰·德·B合租的套房的一个房间：在我的想象中，约翰·德·B年少时，同母亲和姊妹们住在普瓦图偏僻的古堡，偷偷给科克托[2]写出热情洋溢的信件的情景。由约翰·德·B的介绍，我母亲会见了一个德国青年克劳斯·瓦朗蒂纳。他藏身在一个行政部门，住在伏尔泰河滨路一个工作室，闲时就阅读伊夫林·沃[3]的最新小说。后来，他被派遣到俄罗斯前线，死在战场上。

孔蒂河滨路的套间还接待一些客人：一个俄罗斯青

---

① 阿尔弗雷德·格雷文，占领时期，德国大陆电影公司在巴黎的制片经理。

② 让·科克托（1889—1963），法国现代作家，多才多艺，富有创新精神，作品包括诗集、剧本、小说，他的剧作和电影成就极大。

③ 伊夫林·沃（1903—1966），英国作家，被认为是当时最优秀的讽刺小说家。

年乔治·德·伊斯马伊洛夫，肺结核患者，可是他在占领时期，寒冷的冬天，总是不穿大衣就出门。有一个希腊人克里斯托斯·贝洛斯，他错过了开往美洲的最后一班邮船，未能去会合他的一个朋友。还有一个同龄女孩日内维埃芙·伏杜瓦耶。他们这些人，仅仅留下了姓名。我母亲应邀进入的第一个法国资产阶级家庭，就是日内维埃芙·伏杜瓦耶及其父亲让-路易·伏杜瓦耶的家。日内维埃芙·伏杜瓦耶还把孔蒂河滨路15号的邻居阿莱蒂介绍给我母亲。阿莱蒂愿意保护我母亲。

请原谅我，列出所有这些人名以及随后的人名。我形同于狗，佯装有一本家谱。我母亲和父亲并不从属于任何确定的社会圈子。不管多么漂浮不定，多么模糊不清，我也应该在这片流沙中，竭力找出一些踪迹和方位标，犹如力图复原字迹模糊的一张户籍卡片，或者一份行政调查表。

我父亲于一九一二年出生在巴黎，佩特莱勒街心花园广场，正是九区和十区的交界。他的父亲原籍为萨洛尼卡（希腊），出身一个从托斯卡纳迁徙到奥斯曼帝国的犹太家庭。在伦敦，在亚历山大，在米兰，在布达佩斯都有表兄弟。我父亲的四个表亲：卡尔洛、格拉齐亚、吉亚科莫和他妻子玛丽，于一九四三年九月，在意大利，在阿罗纳，马乔列湖[①]上被党卫队杀害了。我爷爷少年时期就离开萨洛尼卡，去了亚历山大。然而几年之后，他又动身前往委内瑞拉。我认为他跟祖籍和家庭一刀两断了。他到玛格丽塔岛，热衷于珍珠交易，后来到加拉加斯，经营起一家百货店。一九〇三年，他离开委内瑞拉，到巴黎定居了，在夏托丹街5号开了一家古董店，出售中国和日本的艺术品。他持一本西班牙护照，一直到谢世，总在西班牙驻巴黎领事馆登记，而他的前辈则以“托斯卡纳臣民”的身份，相继寻求法国、英国与奥地利驻外领事馆的保护。我保存爷爷好几本护照，其中一本是由西班牙驻亚历山大领事馆签发的。还保存一份证书，是一八九四年在加拉加斯开具的，证明他是保护动物协会会员。我祖母生于加来海峡省。她的父亲一九一六年住在诺丁汉郊区。不过，她婚后便入了西班牙国籍。

我父亲四岁时丧父。童年住在巴黎十区上城居民区。他对我说，他在夏塔尔学校住校读书，星期六和星期天也不回家。他在宿舍里，听得见巴蒂尼奥勒大道土台上街头演出的音乐。他没有通过中学会考。他青少年时期

---

① 马乔列湖：瑞士和意大利之间的湖泊，位于阿尔卑斯山脉南侧。

我行我素。年满十六岁，他就跟朋友们出入博伊-拉法耶特饭店、蒙马特尔大街酒吧、卡代吧、吕纳园。他名叫阿贝托，而别人叫他阿多。到了十八岁，他就干起汽油非法交易的勾当，偷越巴黎入市收税处。长到十九岁，他就请求圣法勒银行经理录用他经营“金融业务”，讲得头头是道，终于得到经理的信任。不料事情搞砸了：我父亲尚未成年，司法介入了。二十四岁时，他在蒙田路33号租了一间屋，据我保存的一些资料来看，他常去伦敦，参加组建一家布拉维斯科责任有限公司。他和弟弟拉尔夫一起，在罗凯宾街租了一处家庭公寓，供他们母亲居住：一九三七年她就是在那里去世的。后来，他又在圣拉扎尔火车站附近车站旅馆租了一间客房，没有付钱就离去。战前不久，他受委托经营一家女式长统袜和香水商店，位于马莱伯大街71号。那个时期，他可能住在弗雷德里克-巴斯蒂亚街（八区）。

战争来临，他毫无积蓄，已经过一天算一天了，到一九四〇年，他就让人把写给他的信件寄往蓬蒂厄街24号维克托-埃马努埃尔旅馆处。一九四〇年，他从小城昂古莱姆发出一封信，告诉他兄弟拉尔夫，他应征入伍，编在炮兵团，还提到他们将一盏分枝吊灯典入当铺。在另一封信里，他请人将《石油信使报》寄到昂古莱姆。

他于一九三七至一九三九年间从事石油“生意”，有一个叫昂里凯兹的合伙人，组成鲁瓦雅利公司，经营罗马尼亚石油。

一九四〇年六月法军大溃败，他正在昂古莱姆军营，并没有随同大批俘虏被押走，只因法德签订了停战协定之后，德国军队才开到昂古莱姆。他逃往萨布尔-道洛讷，一直逗留到九月份。

他返回巴黎，没有被重新清查为犹太人。他同弟弟拉尔夫住在弟弟的女友家，那是一个持英国护照的毛里求斯姑娘。那套房子位于索塞街5号，毗邻盖世太保所在地。毛里求斯姑娘因持英国护照，被勒令每周到警察局报到。后来，她被当作“英国人”，在贝桑松和维泰尔关押了数月。我父亲有个女友，名叫赫拉·H，她是德国犹太人，在柏林曾与比利·威尔德订过婚。一九四二年二月的一天晚上，在马里尼昂街一家餐馆里，他们正巧碰上身份检查，就被全锅端了，那个月刚颁布了法令：晚上八点钟之后，禁止犹太人上街和到公共场所。我父亲和他的女友身上没有任何证件，被检查员装上囚车，开到格雷夫尔街，由一个名叫施事伯林的警官当面“验明”身份。想必我父亲拒不承认自己的身份，他和女友被警察分开，正要把他送进拘留所的时候，他趁定时开关的灯熄灭的瞬间逃脱了。次日，赫拉·H从拘留所里放出来了，无疑是我父亲托一位朋友进行了干预。是谁呢？我在心里时常这样发问。

我父亲逃脱后，躲到马图兰街一栋楼的楼梯下面，尽量不要惹起门房的注意。由于宵禁，他就在楼梯下躲了一夜。早晨，他回到索塞街5号。接着，他同毛里求斯姑娘和弟弟拉尔夫到一家旅馆藏身，阿尔西翁·德·布列特伊旅馆的老板娘，是他们一个朋友的母亲。后来，我父亲又跟赫拉·H搬进带家具的出租房，位于沙泽勒街，维拉雷-德-茹瓦耶兹和欧·马罗尼埃广场小公园。

那段时间，我父亲交往的所有人当中，我能对上号的有亨利·拉格鲁瓦、萨莎·戈尔丁、弗雷迪·梅伊沃，一个澳大利亚人，长雪橇冠军和汽车赛车运动员，战争刚结束，我父亲就和他在香榭丽舍大街共用一间“办公室”。但我未能发现其存在的缘由，有个叫约翰·科波林德（泵厂街189号）、杰扎·佩尔蒙、托狄·维尔奈（自称“萨于克夫人”）及其女友赫西安（莉丝洛特），还有吉萨·库普林，一位俄罗斯女子，作家库普林[①]之女，

① 库普林（1870—1938），俄国小说家，批判现实主义代表人物之一，十月革命后流亡巴黎。

她在几部影片中扮演了角色，还参加演出了罗杰·维特拉[①]的一出戏：《海洋小姐们》。弗罗丽·弗兰肯，又叫纳尔杜斯，我父亲则称她“弗罗”，是一位荷兰画家的女儿，她童年和少年时期是在突尼斯度过的。之后，她来到巴黎，经常光顾蒙巴纳斯街区。一九三八年，她卷进一起社会丑闻，被传到轻罪法庭，到一九四〇年，她嫁给日本演员早川雪洲。在占领时期，她同电影《阿塔朗特》[②]女主角，迪塔·帕尔洛，及其情人富克斯博士过从甚密。富克斯是“奥托”事务所负责人之一，“奥托”设在阿道尔夫–伊翁街6号（十四区），是黑市最大的供货站。

差不多这就是我父亲活动的世界。半上流社会？上流盗贼社会？趁着这个社会还未消失在冰冷的遗忘黑夜，我再提一位俄罗斯女士，卡丽娜，人称“开心”奥尔洛夫，那个时期是我父亲的女友。她非常年轻就流亡美国，二十岁时，在佛罗里达州演出歌舞，遇见一位棕褐色头发的矮个儿男人，名叫路奇·路西亚诺，彬彬有礼而又多愁善感，遂成为此人情妇。她回到巴黎，做过

---

① 罗杰·维特拉（1899—1952），法国作家，超现实主义戏剧先驱之一。

② 《阿塔朗特》：让·雨果1934年制作的电影。

时装模特，为获得法国国籍而结了婚。在德军占领巴黎的初期，她同一个智利人彼德罗·埃扎吉尔，“公使馆的秘书”一起生活；后来，她独自住进马戏场街夏多布里昂旅馆，我父亲常去那里看她。我出生后数月，她送给我一只毛绒熊玩具，我当作吉祥物久久保存，也是一位消逝的母亲留给我的惟一念想。一九四八年二月十二日，她三十八岁时自杀身亡，葬在圣·日内维埃芙树林。

我编制这个谱系，在空寂而混乱的房子里呼唤，逐渐头晕目眩，喘息也越来越短促。诡异的人群，诡异的时期，什么都不明不白。正是那个时期，在这些与他们相似的人中间，我父母相遇了。两只蝴蝶不知不觉，迷失在一座没有方位的城市中。Die Stadt Ohne Blick①。但是无可奈何，我就是从这肥沃的土层——或者粪土堆里生出来的。我搜集他们这些生活片断，大多是从我母亲那里得知的。关于我父亲的许多细节详情，我都没有掌握：那是个浑浊的世界，我父亲受世情事态的驱使，行走在地下和黑市之中。我母亲几乎一无所知。而我父亲带着他的秘密走了。

他们相识于一九四二年十月的一天晚上，在十六区

---

① 德文，大意为“没有景致的城市”。

舍菲尔街28号，托狄·维尔奈，人称“萨于克夫人”家中。我父亲使用的身份证，借用了他的朋友亨利·拉格鲁瓦的姓名。从占领时期，孔蒂河滨路15号住户的名单上，就一直保留着“亨利·拉格鲁瓦”的姓名，我童年时在“五层楼”对面，从门房的玻璃门上就看得见。门房回答我说：是你父亲。这种双重身份给我留下深刻印象。多年之后我又得知，他在那个时期还借用过别的姓名，而那些姓名对应他的相貌，战后一段时间还留在一些人的记忆中。然而，这些姓名最终势必脱离与其相关联的可怜世人，只是在我们的想象中，宛如遥远的星体一般闪烁。我母亲将我父亲引见给约翰·德·B和她的朋友们。他们觉得他有一种“南美人的怪样子”，还关切地劝我母亲多多“提防”。我母亲把这话传给我父亲，他便打趣地对我母亲说，下次见面，他的样子还要“更怪”，“让他们见了更害怕”。

他并非南美洲人，但因没有合法身份，就混迹黑市赖以生存。我母亲去找他，要乘沿着丽都拱廊的多部电梯，才能进入一处那类的巢穴。他身边总有好几个人相伴，姓名我不得而知。他尤其频繁出入奥什路53号一家购物店，经营者亚历山大和伊万·S兄弟俩是亚美尼亚人，战前他就认识了，他向他们提供多种货物，包括整辆滚珠轴承的超期卡车，发自 SKF 公司[①]的旧库存，而这类废旧卡车大量弃置不用，放在圣旺码头仓库里只待生锈。

我在探询过程中，偶然碰到几个人的名字，都在奥什路 53 号工作过，有沃尔夫男爵、丹特·范努希、帕特博士、“阿贝托”，当时我心里就嘀咕，也许这不过是我父亲使用过的假名。他正是在奥什路那家购物店里，遇到了一个叫安德烈·加比松的人，是那商店的老板，他向我母亲常提起那人。我手头有一份追溯到一九四五年的德国特警名单，上面有此人的简历：加比松（安德烈），意大利国籍，生于一九〇七年。商人。护照号 13755，一九四二年十一月十八日在巴黎签发，注明是突尼斯商人。从一九四〇年起，里奇尔的合伙人（奥什路 53 号购物店）。一九四二年到圣·塞巴斯蒂安，里奇尔的特约经销店。一九四四年四月，在快递邮件公司的一个叫拉多斯的手下工作，经常往返于昂代和巴黎之间。一九四四年八月，注明他属于马德里快递，邮件公司第六分区，听命于马尔丹·梅瓦尔德。地址：马德里乔治·朱安街 17 号（电话：50222）。

---

① 瑞典滚珠轴承公司，创建于 1907 年。

在占领时期，我父亲的其他关系，至少我所知道的，还有一位意大利银行家，乔治·乔尔吉尼–斯奇夫，及其女友西莫娜：后来，西莫娜嫁给了红磨坊的老板，皮埃尔·富克雷。乔尔吉尼–斯奇夫在庞蒂埃夫尔街4号设有办事处。我父亲买了他一颗极大的粉红钻石，称为“南方十字”。到了战后一文不名，又力图出手了。一九四三年九月，意大利停战之后，乔尔吉尼–斯奇夫被德国人逮捕了。在占领期间，他给我父母介绍认识了卡尔·杰斯奈博士，德国大使的经济顾问，此人的女友西比尔是犹太人，据说，战后她在东柏林，成为一个“重要”人物。阿奈·巴代尔，律师改行，一九四四年任老鸽棚剧院[①]经理。我父亲同他和他女婿乔治·维卡尔一起搞黑市交易。巴代尔寄给我母亲一部萨特的剧本《禁闭》，原名《他人》，他打算于一九四四年五月搬上老鸽棚舞台。《他人》的这份打印稿，在我十五岁那年，还躺在我六楼房间壁橱里。巴代尔考虑我母亲在大陆电影公司工作，同德国人保持接触，因而能从中斡旋，让他快些拿到这部剧的审查许可证。

同我父亲关系密切的人还有：安德烈·加姆安，古

① 始建于1913年，是巴黎颇具影响力的三大剧院之一。

董商人，住在伏尔泰河滨路。玛莉亚·契尔尼切夫，俄国贵族的闺秀，但是“失去了身份”，我父亲同她一起参加了黑市的大宗交易；跟一个称“富凯先生”的人，交易额就要小多了。那个富凯在雷恩街开了一家店铺，住在巴黎郊区的一个独门独院。

我合上眼睛，就看见吕西安·P脚步沉重，从极幽深的过去走了过来。我想他的职业就是充当中间人，把一些人介绍给另一些人。他的身体特别肥胖，在我的童年记忆中，每次见他坐到一张椅子上，我真怕那张椅子被他的体重压散了架。我父亲和他年轻时，吕西安·P可怜巴巴地爱上了女演员西莫娜·西蒙，像一条肥狗到处跟着她。还是西尔维雅娜·坎夫的男友，她是个富有冒险精神的女人，夺取过台球冠军，在德军占领下，摇身一变而为达布朗泰斯侯爵夫人，当了洛里斯通街帮伙的一名成员的情妇。要谈这类人，也不可能谈出什么名堂。地地道道一些诡异的旅客，穿过火车站候车，他们的目的地，如果有的话，我永远也不会知晓。

要结束这份幽灵的名单时，还应提及那兄弟俩：伊万和亚历山大·S，我总寻思他们是不是孪生兄弟。亚历山大有个女友，名叫茵卡，是芬兰人，舞蹈演员。他们一定是黑市的大佬，因为他们在伊万·S的豪宅，保尔-

杜梅路1号大厦的套房里，庆祝过他们在占领时期收获的“头一个十亿”。法国解放后，伊万·S跟安德烈·加比松一样逃往西班牙。那么，亚历山大·S呢，他的下落呢？我心里不免琢磨。然而，真有必要提出这个问题吗？可是我呢？一想起人们在“红色海报”①上看到面孔的那些人，我的心就怦怦直跳。

约翰·德·B和那个布鲁塞尔古董商，一九四三年初就搬离了孔蒂河滨路的那套房间，我父母双双住了进去。在我最终厌弃这一切，丧失气力和勇气之前，还有一些他们在那个遥远年代生活的片断，不过在现时看来，他们那段生活照旧一片模糊。

他们有时同拉格鲁瓦及其女友德妮丝躲到阿布利，住进布雷欧古堡。那是座遗弃的城堡，原主美国人无疑因为战争，将钥匙交给他们，离开了法国。我母亲骑着摩托，拉格鲁瓦驾驶他那辆BSA 500轿车，奔驰在乡野的路上。一九四三年七八月份；她和我父亲住在拉瓦雷纳–圣伊莱尔一家旅馆。小里茨、乔尔吉尼–斯奇夫、西莫娜、杰斯奈及其女友西比尔，都去那里同他们会合。

① 1944年，德国占领者和维希政权杀害了法国抵抗小组二十三名成员。事后，纳粹印制了一万五千份红色海报到处张贴，称他们为红色恐怖分子。

在马尔纳河中沐浴。这座古堡常有几个不三不四的人和他们的“女人”光顾，其中有个“迪迪”及其女伴“迪迪夫人”。早晨，男人们开车出发，去干暧昧的勾当，很晚才返回巴黎。一天夜里，我父母听见他们在楼上房间争吵。女人骂她的男伴是“瘟鸡”，她从窗口扔出去一沓沓现钞，同时指责他拿回来这么多脏钱。假警察吗？盖世太保的帮凶吗？托狄·维尔奈，人称“萨于克夫人”，我父母就是在她家中相识的，她于一九四三年初在一次突如其来的大搜捕中逃过一劫，但是从她家窗户跳出去时摔伤了。他们在追捕萨莎·戈尔丁，我父亲一个最老的朋友，这从犹太问题总局人权法处给调查监督处长的一封信中，就表明了这一点：“一九四四年四月六日。我通过提示函，曾要求您从速实施逮捕萨莎·戈尔丁，因其违犯一九四一年六月二日的法令。您随后回函告知，此人已先行离开住所，他的新住址不得而知。然而近日，有人见到他在巴黎街头骑自行车。我不得不请您费心，再次去查查他的住所，以便能答复我一月二十五日的那个函件。”

记得我父亲只有一次回顾了那个时期，那是一天晚上，我们二人都在香榭丽舍大街的住处。他指给我看马里尼昂街街尾，说正是在那里，一九四二年二月他被塞进囚车。他还对我讲述一九四三年冬季，他被“某个人”告发，第二次被捕了，押进拘留所，由“某个人”保释出来。那天晚上我感到，他很想给我透露什么事，话到嘴边没讲出来，只是对我说囚车挨个警局转悠，然后才返回拘留所。逮捕过程中，上来一位少女，正坐到他对面。很久之后，我试图寻到旧迹，但是枉然，无法确认那是一九四二年还是一九四三年的夜晚。

一九四四年春季，我父亲接到几个匿名电话，打到孔蒂河滨路的住处。一个声音直呼他的真名实姓。一天下午他外出时，两名法国警察按响门铃，要见“莫迪亚诺先生”。我母亲明白告诉他们，她只是个比利时年轻女子，在大陆制片公司工作，那是一家德国公司。她这套房的一个房间转租给一个名叫亨利·拉格鲁瓦的人，她提供不了什么情况。警探对她说，他们还会来的。我父亲为躲避他们，就离开孔蒂河滨路。我猜想已不是施韦伯林的犹太人问题的警员，而是稽查处的人员了——就是抓获萨莎·戈尔丁的那帮人。或者是巴黎警察局佩尔米勒警长的手下。后来，我拿一些面孔想要比对这些人的姓名，然而，他们始终隐藏在黑暗中，透出他们烂皮革的气味。

我父母决定尽快离开巴黎。我母亲在 B 家中认识的那个希腊人克里斯托斯·贝洛斯有位女友，住在希农附近的一座庄园里。三个人便投奔她去了。我母亲带着冬季运动装，以备他们逃往更远的地方。他们在图雷讷的那座住宅藏身，一直待到解放，这才骑着自行车，随着美国部队的大溜儿返回巴黎。

一九四四年九月初，我父亲在巴黎，还不愿立即回到孔蒂河滨路的住处，害怕警察又来找他算账，不过这次是由于他在黑市的非法活动。我父母下榻的旅馆，这家阿尔西翁·德·布列特伊旅馆，位于布列特伊路和迪凯斯纳路的拐角，一九四二年我父亲已经去那里躲藏过。他打发我母亲去探探孔蒂河滨路，了解事态如何变化。她被警察局传唤去，接受一次漫长的审问。她是外国人，他们要求她说明，她受德国人保护，一九四二年来到巴黎的确切缘由。她向他们解释，她和一个犹太人订了婚，两年来就在一起生活。审问她的那些警察，想必就是数月前要以真名实姓逮捕我父亲的那些警员的同事。抑或是同一些人。估计他们现在按照那些假名寻找他，终归未能识别。

他们放了我母亲。晚上在旅馆客房，就在他们的窗下，女人同美国兵沿着布列特伊路马道散步，其中一位女子试图让一个美国人明白，大家等了他们多少个月。

她数着自己的手指："One，two……"可是美国人不明白，便模仿她的样子数起自己的手指："One，two，three，four……"就这样没完没了。过了几周，我父亲离开阿尔西翁·德·布列特伊旅馆，回到孔蒂河滨路他才得知，他那辆藏在讷伊一处停车场的福特轿车，六月份就被民兵征用了。乔治·芒代尔[①]遇刺身亡，乘坐的正是这辆福特，车身留有筛眼似的弹孔，被保存起来，以备警察调查之需。

---

① 乔·芒代尔（1885—1944），法国政治家，历任邮电部长（1934—1936）、殖民地部长（1938—1940）。1944年，他被维希政权的民兵暗杀了。

一九四五年八月二日，我父亲骑自行车到布洛涅-比扬库尔区政府，申报我的出生。我想象他回来的路上，经过这年夏天欧特伊一条条空荡荡的街道，一个个寂静的码头。

继而，他决定去墨西哥讨生活。护照都办好了。临行时刻他又改了主意。战后，他差一点儿就离开欧洲。三十年后，他前往中立国瑞士，在那里与世长辞。这三十年间，他频频出行，去加拿大、圭亚那、赤道非洲、哥伦比亚……他徒然寻求的，正是传说中的黄金国。而我心中暗道，难说他不是逃避占领时期那几年。那个时期他在巴黎的内心感受，从未向我袒露过。身受追捕的恐惧和怪异的感觉，形同明确列入猎物的等级，而他本人却不知晓自己究竟是何等样人吗？不过，还是不要替别人去诉说衷肠，即使打破折磨人的沉默，我也总是心存障碍。

一九四六年，我父母一直住在孔蒂河滨路15号，五楼和六楼上。从一九四七年起，我父亲又租下四楼。这是我父亲极为短暂的一段相对兴旺的时期，直到一九四七年。随后就进入长期的所谓表面光鲜和贫困状态。他的工作伙伴有乔尔吉尼-斯奇夫、一个称泰西埃先生的哥斯达黎加公民，以及路易·德·拉罗舍特男爵。他也是牵连到“葡萄酒案件”一个叫Z的密友。我外公外婆从安特卫普来到巴黎照顾我。我一直和他们在一起，只懂弗拉芒语。一九四七年，我弟弟吕迪出生，是十月五日那天。解放之后，我母亲就到老鸽棚学校，上戏剧艺术课。一九四六年，在拉米绍迪尔[①]演出《在我的金发女郎身边》，她在剧中扮演了一个小角色。一九四九年，在影片《七月约会》中，有她几个镜头。

一九四九年夏天，在昂蒂布角[②]和巴斯克海滨，她成为两个男人的女友，一个是俄裔的花花公子，弗拉基米尔·拉舍维斯基，一个是巴斯克人，写诗的德·A侯爵。这种情况，我是后来才知道的。我们兄弟二人，单独在比亚里茨待了将近两年，住在卡萨·蒙塔尔沃街区

① 位于巴黎二区的一家剧院，始建于1778年。

② 法国东南部海港。

的小套间，照看我们的女人就是门房。我记不大清楚她的相貌了。

一九五〇年九月，我们在比亚里茨圣马尔丹教堂受洗，父母却没有出席。根据洗礼证书，我的教父让·曼特，是个我不认识的神秘人物。一九五〇年十月开学，我第一次上学；比亚里茨圣马利亚学校，位于卡萨·蒙塔尔沃街区。

一天下午，放学出来，谁也没来接我。我要独自回家，但是横穿马路时，被一辆小型卡车撞倒。那位司机把我送到慈善医院，嬷嬷用乙醚棉团捂上我的脸，把我麻醉过去。后来我就特别怕闻乙醚味。反应太过分了。乙醚就有了这种奇特的功能，唤起我一种疼痛，随即又解除。记忆和遗忘。

一九五一年，我们返回巴黎。一个星期天的上午，我在蒙巴纳斯剧院后台，我母亲在《菲莱蒙的情结》中扮演个小角色。她正在台上，我害怕了，哭起来。苏姗娜·弗隆[①]也在剧中有角色，她给了我一张明信片，好让我平静下来。

---

① 苏姗娜·费隆（1918—2005），法国戏剧和电影双栖演员，两次获得莫里哀戏剧奖最佳女演员奖，三次被提名奥斯卡最佳女演员奖。

孔蒂河滨路的套房。在四楼的房间，晚上我们听见隔壁房间的说话声和格格笑声，那是我母亲接待她那些圣日耳曼草场修道院[1]广场的朋友。我难得见到她，也不记得她对我有亲热或者呵护的举动。我总觉得在她面前，要保持一点儿警惕。她突然发火让我手足无措，而我挺注重教理，就祈祷上帝宽恕她。我父亲的办公室设在五楼，他经常跟两三个人待在那里，坐在椅子上或者长沙发的扶手上。他们交谈，轮流打电话，电话机抛来抛去，就好像一个橄榄球。我父亲时而招募几名少女，美术学院的学生。他教她们回答电话，说“他人不在”。他口授信件，让她们写下来。

一九五二年初，母亲把我们托付给她的女友，苏姗娜·布克罗。她住在茹伊昂若萨区，库尔泽纳博士街38号。我去上学，这条街走到头就是贞德学校，后来又上区立小学。一九五二年在村镇教堂做午夜弥撒，我和弟弟都是唱圣诗童子。启蒙读物有《最后一个莫希干人》[2]，我根本不理解；但是坚持看完了。还有安徒生童话，由

---

① 这座修道院位于巴黎左岸，始建于六世纪，为巴黎古迹之一。

② 美国作家J.F. 库柏（1789—1851）的一部小说。以1757年英、法两大帝国在美洲争夺殖民地为背景，表现殖民与反殖民、压迫与自由的斗争。

阿德丽艾娜·塞古尔配的插图，以及《捉猫故事集》[①]。

库尔泽纳博士街38号，样子怪怪的女人来来往往，其中有吉娜·拉切夫斯基、苏姗娜·博莱，又称弗雷德，蓬蒂厄街一家夜总会，卡洛罗尔斯的女经理，以及罗丝-玛丽·克拉维勒、老鸽棚街一家旅馆的老板娘，她开一辆美国轿车。她们都穿着男式外套和皮鞋，弗雷德还打上领带。我们同弗雷德的侄子一起玩耍。

我父亲不时来看我们，带着他的一些朋友，以及一位年轻的金发女郎，性情温柔的娜塔莉，是我父亲多次去布拉柴维尔的旅行中的某一次认识的空姐。星期四下午，我们听广播的儿童节目。其余的日子，我有时听听新闻广播。广播员综述了审判犯下奥拉杜尔大屠杀[②]的那些罪犯的报道。广播中的那些铿锵词语，如今还让我胆战心寒，当时我明白是怎么回事。

一天晚上，父亲到库尔泽纳博士街的家里来看望，同我面对面坐在飘窗旁边。他问我将来想做什么。我不

---

① 法国作家马塞尔·埃梅（1902—1967）的一部童话故事集。

② 格拉讷河畔奥拉杜尔：法国利穆桑大区上维也讷村庄，1944年6月10日，德军将652名村民，男人赶进谷仓锁住门，妇女儿童赶进教堂，放火烧村，未烧死的人还补以机枪和手榴弹，最终全村仅有十人幸免于难。1953年开庭审判，仅处死二人，监禁五人。

知道如何回答。

一九五三年二月，一天早晨，我和弟弟待在空无一人的屋里，父亲开车来接我们回巴黎。后来我听说，苏姗娜·布克罗因参与盗窃而被捕。在茹伊昂若萨区和巴黎之间，这片郊区的神秘，还算不了什么呢。已成废墟的古堡，前面的草地草长得很高，我们从那里放起一只风筝。麦茨树林。马尔利那架水车的大轮子，旋转起来像瀑布一般的水声和清凉。

一九五三至一九五六年，我们一直在巴黎，我和弟弟去洛迪桥街上市镇学校。我们也常去圣日耳曼草场修道院听教理课，能经常见到帕叟神甫，他在圣日耳曼草场修道院讲道，住在波拿巴街一小套房子里。我找见帕叟神甫当年给我写的一封信。“星期一，七月十八日。我想象你一定在海滩上建筑城堡……海水一涨潮，就得赶紧溜之大吉！这就像在洛迪桥学校的校园里，课间休息结束的哨声响起的时候！你知道吗，巴黎的天气非常热。幸好不时下一场阵雨，清凉一下。如果教理课上下去，你就要用白罐子，没完没了给你的所有同学倒一杯杯薄荷水。不要忘了八月十五日的节日：再过一个月，就是圣母升天日。到了那天，你去领圣体，以便愉悦你在天母亲的心。如果你心灵善于讨她喜欢，她对她的帕特里克一定会很满意。你很清楚，假期也不应该忘记，要感谢仁慈的上帝给了你们全部的美好时光。再见，我的帕特里克。全心拥抱你。帕叟神甫。”教理课的课堂，设在修道院街4号，一栋老楼的顶层。如今都改为豪华套房——而朝向富斯当堡广场的一间大厅，则变为一家奢侈品商店。改头换面了。我认不出我童年时期的街区了，就是雅克·普雷维尔[①]和帕叟神甫重寻故地，恐怕也难认出来了。

塞纳河对岸的神秘地方，有卢浮宫、加鲁塞尔街区的两座街心小公园，以及我和弟弟去度过漫长下午的杜伊勒里公园。阳光下的黑石子和栗树叶丛。绿荫掩映的剧院。网球博物馆的墙基根儿堆积如山的落叶。我们计数有多少条路径。水池空空的。加鲁塞尔的一座小公园该隐和亚伯的雕像不见了。拉法耶特[②]的雕像矗立在另一座街心小公园里。加鲁塞尔小公园里的铜狮子。绿色天平靠着水边的台地墙。斐扬派修士[③]平台下的“公共

---

① 雅克·普雷维尔（1900—1977），法国诗人，他的诗善于用奇异的形象，融入民间诙谐调侃的语言，深得知识阶层和民众的喜爱。

② 拉法耶特（1757—1834）法国将军，政治家。

③ 斐扬派：十八世纪法国大革命时的君主立宪派，因其总部设在巴黎斐扬修道院而得名。

盥洗池”的陶瓷和清凉。园丁。一个阳光明媚的早晨，在水池旁边的草坪上，割草机的马达隆隆山响。宫殿南门，表针永恒不动的大钟。还有米拉狄肩上的红烙铁印。我和弟弟，我们历数家谱；我们的问题就是比较圣路易和亨利四世，看哪个能破纪录。八岁时，一部电影给我留下深刻印象：《在世间最大的柱头下》。特别是有一组镜头：夜晚，赶集的队列被美国轿车给堵住了。月光。梅德拉诺马戏场。在节目之间乐队演奏。鲁姆、阿莱克斯和德雷纳这些小丑。日凡尔赛的集市，有碰碰车，五花十色：紫色、黄色、绿色、深蓝色、粉红色……荣军院的集市，有约拿大鱼[①]。停车场。停车场的幽暗和汽油味。朦朦胧胧的光线。喧声和人语全消失在回音中。

这个时期我所看的全部读物中，作者有儒勒·凡尔纳、大仲马、约瑟夫·佩雷、科南道尔、塞尔玛·拉格洛夫、卡尔·迈、马克·吐温、詹姆斯·奥利维·柯伍德、斯蒂文森、德·塞古尔伯爵夫人、杰克·伦敦，以

---

① 约拿是《圣经·旧约》中十二个小先知的第五名，神命他去尼尼微，他不从神命，乘船逃走。神便使海上风浪大作，只有把他投入海中，风浪方可平息，于是众人把他投入海中，被神准备的大鱼吞入腹中三天三夜。他向神许愿呼唤，神命鱼将他吐出，他便去尼尼微劝人向善，于是神不降灾尼尼微了。

及《一千零一夜》，我尤其记得《所罗门国王的米那钱币》，以及年轻的向导揭示他王子真实身份的情节。我因为题目而幻想过两本书：《珍达的囚徒》和《神秘的货船》。

我在洛迪桥街学校的朋友：皮埃尔·唐金，是个越南人，父母在格雷古瓦-德·图尔街开一家小旅馆。兹达内维奇，一半黑人血统，一半格鲁吉亚血统，一位格鲁吉亚诗人伊利亚兹德的儿子。还有几个朋友：杰拉尔，住在共和国林荫路，多维尔街区一处停车场的楼上。有一个叫罗尼的，想不起他的容貌，也想不起我们在哪里认识他的。我们去布洛涅树林附近他家里玩。我还隐约记得，我们一跨进门，就恍若到了伦敦，进入贝尔格拉维亚或肯宁顿①那种地方的一栋住宅。后来，我读了格拉汉姆·格林②的中篇小说《第一次幻灭》，我曾想那个罗尼，虽然我一无所知，很可能就是小说的主人公。

假期同父亲的女友，空姐娜塔莉一起度过，住在共和国林荫路附近多维尔的一间小平房。我母亲难得

---

① 英格兰地名，在大伦敦的兰贝斯和萨瑟克自治市，有世界闻名的体育场和宁肯顿公园。

② 格林（1904—1991），英国小说家，擅于以现实主义表现手法，揭示资本主义社会的各个角落，刻画出形形色色的资产阶级人物。

去那里，去的时候就在那里接待她的过路朋友，在娱乐厅演一出剧的演员，以及她在荷兰的年轻伙伴，若比·凡·阿伦。他是德·库瓦斯侯爵剧团的成员。多亏了他，我才看一场芭蕾舞，震撼我心的《梦游者》。有一天，我陪同父亲到皇家饭店大堂，他对我说，约会一位经营赛马养马场的斯特恩夫人。那位斯特恩夫人，在什么方面能帮上他的忙呢？每周四,一到下午，我和弟弟就去教堂对面那边的报亭，买《人猿泰山》[①]。我们独自走在街上。人行道上，阴影和阳光。女贞树散发的气味。

一九五六年夏，我们兄弟俩和父亲以及空姐娜塔莉，一起住在那所平房。同年复活节假期，娜塔莉还曾带我们去奥隆河畔维拉尔的一家旅馆。

在巴黎，一九五四年的一个星期天，我和弟弟待在老鸽棚剧院后台里端，母亲已经上场了。一个在剧中演主角，名叫素姬·普里姆的女人，凶狠地对我们说，这里不是我们待的地方。她同许多年迈的蹩脚女演员一样，不喜欢小孩子。我寄给她一封信：“亲爱的太太，我祝愿您过一个极坏的圣诞节。”她给我留下的印象最深的，就

---

① 美国小说家埃德·巴勒斯（1875—1950）1914 年发表的小说，此处指改编的连环画。

是那种既冷酷又不安的眼神。

每个星期天，我们都和父亲乘坐63路公共汽车，一直坐到布洛涅树林。一泓湖水、平底小舟，坐上去划到微型港湾和湖岛木屋……一天傍晚，我们在布洛涅树林等待回程的汽车。父亲带我们走进阿道尔夫-伊翁小街，到一处私邸门前站住，他对我们说：不知道现在谁住在这里了——就好像这地方他很熟。当天晚上，我看见他在办公室里查阅街道年鉴。这引起我的好奇心。十来年过后，我才了解到，阿道尔夫街6号那座私邸，在占领时期正是“奥托”购物处，巴黎最重要的黑市窝点——如今那座宅邸已不复存在，一九六七年，我又转到那条街，验证当年我们和父亲那次停留的地点：正好与6号相对应。猛然间，一股腐烂的气味，同骑马场和树林枯叶的气味相混杂。我也记得那个时期的下午，我和弟弟同父亲有时随便登上一辆公共汽车，一直坐到终点站。圣芒德。让蒂伊门……

一九五六年十月，我住进茹伊昂若萨的蒙塞尔学校，我倒觉得先光顾这地方的所有学校才好。头几天睡在学生宿舍，夜里难熬得很，常常就想哭了。不过很快，我就开始一种自我训练，以增添勇气：注意力集中到一个固定的点，这是一种法宝。当时，权且用一匹塑料小黑马来充当的目标。

一九五七年二月，我失去了弟弟吕迪。一个星期天，我父亲和叔叔拉尔夫到寄宿学校来接我。我叔父开的车，在回巴黎的半路把车停下，他下了车，单独留下我和父亲。父亲在车里告诉我，我弟弟死了。上个星期天，我还和弟弟在孔蒂河滨路我们的房间，一起度过了下午的时光。我们一起整理收集的邮票。我必须在五点钟返校，向他解释说，一个喜剧团要在学校的礼堂里，为学生演一场戏。那个星期天他的眼神，我永远也忘不了。

我认为除了我弟弟吕迪，他的死亡，我这里讲述的一切，再也没有什么能深深牵动我的心。我一页一页写下来，就像在做一个笔录，或者写一份简历，例行公事，无疑是要了结一种不是我本人的生活。这只是一个记录事件和行为的胶卷。我没有什么可忏悔的，也没有什么可回避的，对于内省和扪心自问，我毫无兴趣。反之，事情越是晦隐不明而神秘莫测，我就越是兴趣大发。极而言之，我还力图从毫无神秘可言的事物中找出神秘来。我回顾到我二十一岁为止的事件，都是我浮面的经历——这种方法即是展现远景，而演员则在摄制场上静止不动。我想表达的这种印象，许多人在我之前就感受过：一切在透明中鱼贯而过，而我还未能过上自己的生活。

我成为住校生，在蒙塞尔学校一直读到一九六〇年。四年时间，军人纪律。每天清晨，天一亮就起来。齐步走。排列，立定。全体立正。夜晚视察寝室。高年级的几个学生“头儿”捉弄人，负责维持“纪律”。起床电铃声大作。淋浴，一拨三十人。埃贝尔[①]跑道。少息。立正。护理草木时间，我们在草坪上列队扫荡枯叶。

四年级班上，我的邻座名叫萨菲斯坦。他在绿楼和我同一寝室。他曾向我讲述他父亲二十岁时，到维也纳上医学院。一九三八年，德奥合并时，纳粹分子侮辱在维也纳的犹太人，迫使他们冲洗人行道，在自己店铺橱窗上绘出六角星。他父亲屡次遭人捉弄，不得不逃离奥地利。一天夜晚，我们决定到校园尽头德国人留下的碉堡里探查，那就必须穿过大草坪，万一引起一个学监注意，我们就可能受到严厉的惩罚。萨菲斯坦不肯参加这种天真者的鲁莽行动。第二天，我的同学们就把他孤立起来，称他为“软蛋”，就像成年人在军营里那样。造成那种压力让你抬不起头来。一天下午，萨菲斯坦的父亲

---

① 乔治·埃贝尔（1875—1957），法国教育家。他提出“自然”体育教育法，走体育专业化和瑞典式体操相反的路。

出人意料来到学校，有话要对全寝室的同学讲。他恳切地对他们说，不要再刁难他儿子，叫他“软蛋”了。此举让我的同学们，甚至让萨菲斯坦深感意外。我们在老师的休息室里，围坐着一张桌子。萨菲斯坦坐在他父亲身边。大家情绪都很好；完全和解了。我好像记得，他父亲还给我们递了香烟。我的同学谁也不把这个事件放在心上了。就连萨菲斯坦也不以为然了。不过，我却深深地感到这个人的不安心理，是在思虑他二十年前经历的噩梦，会不会在他儿子身上重演。

蒙塞尔学校有些缺乏关爱的孩子，是些私生子，失联的孩子。记得有个巴西少年，与我同宿舍好长时间，他有两年没有父亲的音信，仿佛是被他们遗忘在火车站寄存处的物品。还有些人走私牛仔裤，已经闯过警察设的路障。学生中有两兄弟，甚至二十年后还被告上重罪法庭。青春往往是金色年华，然而是一种可疑的金色，是不好的合金。这些勇敢的少年，大部分没有前途。

那个时期的阅读。有些作品给我留下了印象：《菲尔米娜·马尔凯兹》《监狱的殖民地》《黄色的恋爱》《太阳照常升起》。在另一些书中，我重又发现街头的玄幻故事：《黑夜之玛格丽特》《纯粹一女子》《无名街》。在学校医务室的书橱里，还有一些两次世界大战幸存下来的旧小说，躺在那里，丝毫也不惹人注意；生怕下架搬到地下室去。记得我读过《奥贝尔莱一家》。还有，我尤其读了刚出版的第一批口袋书，以及精装本红皮丛书的头一批作品。杂乱无章，好小说和坏小说全有。其中许多作品从目录中消失了。头一批口袋书中，有些题目还给我留有余香：《钓鱼猫街》《布拉蒂斯拉瓦的玫瑰》《白雪玛丽蓉》。

每个星期天，同我父亲一道散步，临时还有他的一个哑角，斯蒂奥帕。我父亲经常见到他。他戴着单片眼镜，头发打的发蜡太厚，坐到沙发上，头靠沙发背时，就能留下痕迹。他不从事任何职业，住在维克多-雨果林荫路的一个家庭公寓。斯蒂奥帕、我父亲和我，我们有时到布洛涅树林去散步。

还有一个星期天，父亲带我去布朗利河滨路那边航运展览会。我们遇见保罗·盖兰，他战前的一位朋友。一个身穿便装的年轻老头，不知他参观展览还是有个展台。父亲对我讲起保罗·盖兰这个人，说他一辈子无所事事，只是骑马，开豪车，勾引女人。但愿我能引以为戒：对，在生活中，一定得拿文凭。那天傍晚时分，我父亲一副失神遐想的样子，就好像刚刚碰见了鬼。我每次又走到布朗利河滨路上，总想起那个保罗·盖兰稍偏厚重的身影，梳成背头的棕褐色头发下，那张脸在我看来有点虚胖。这个问题永远是个悬念：他没有文凭，那个星期天，他去航运展览会能干什么呢？

还有一位夏尔利·达尔通先生。父亲正是跟这个人，也跟他的老伙计吕西安·P，像掷橄榄球似的投电话。这个名字让我想起连环画上的达尔通兄弟，后来我发现，这也是阿尔弗雷德·德·缪塞[①]的一个朋友的名字。这个人，我父亲总以他家族的姓氏称呼他：罗桑（或罗藏）。这个罗桑（或罗藏），酷似演员大卫·尼旺。当初我就觉得，西班牙内战期间，他加入佛朗哥阵营是可以理解的。他坐在沙发上，沉默无语，一连几小时不讲一句话。甚至我父亲不在，也坐在那里。夜晚，我不免想象：他就是一件家具。

星期一早晨，我父亲有时陪我到奥尔良门的罗通德街，拉我上学的专车就在那里等候。我们约摸六点钟起床，父亲还利用我上车前的时间，在奥尔良门的咖啡馆约见人，冬天的早晨天还未亮，咖啡馆的霓虹灯火辉煌。大咖啡壶嗞嗞作响。他在那里会见的人，不同于他在克

---

① 阿尔弗雷德·德·缪塞（1810—1852），法国浪漫派文学的代表作家，尤以诗歌戏剧著称。

拉里支或大饭店所见之人。他们谈话声音压得很低。一些集市商贩，一些汉子，有的红脸膛像推销员，有的样子奸诈又似外省公证人的文书。他们对他究竟有什么用呢？他们的姓名都有地方特色：坎塔尔、舍夫罗、皮卡尔……

一个星期天早晨，我们乘出租车去巴士底街区。出租车行驶到一些大楼前，我父亲叫停了有二十来次：伏尔泰大街、共和国林荫路、里夏尔-勒努瓦大街……每次叫停，他都将一个信封交给居民楼的门房。他发掘了一个死掉的公司的股票，在召唤老股东吗？莫非是那家印度支那矿业联合公司吗？还有一个星期天，他沿佩雷尔环城大道投递信件。

有时，星期六晚上，我们去拜访一对老夫妇，法孔一家住在蒙马特尔高地后身，溪水街的一小套房间。在小客厅的墙上挂着一个镜框，里面装着的军功章，是法孔先生一九一四年战争中荣获的。他从前是搞印刷的，热爱文学。他赠给我圣-保尔·鲁[①]的一本精装诗集：《玫瑰和路上的刺》。我父亲是在什么场合认识他的呢？

---

① 圣-保尔·鲁（1861—1940），法国诗人，超现实主义诗人认为他是现代诗歌的一个先驱，不过，他仍然保存了浪漫派和象征派诗歌的一部分遗产。

我还记得有个叫莱翁·格兰瓦尔的人，他每周数次，跟我父亲共进午餐。高个头儿，卷曲的花白头发，一颗西班牙猎犬的脑袋，肩膀和目光显得懈怠。很久之后，我惊奇地发现了这个人的踪迹，我在杰稣·安芳特撰写的《德·布罗格利案件》中读到，一家马特萨公司董事长，“寻求一千五百万至两千万美元的资金”。他联系了莱翁·格兰瓦尔，“一个在卢森堡参加所有重要资本运作的人物”。在让·德·布罗格利、拉乌尔·德·莱翁和莱翁·格兰瓦尔三位先生之间，签订了一份协议书：他们若是获得借款，就拿五十万美元的佣金。根据我读到的材料，格兰瓦尔在资金运作期间死了。累死的？应当说这种人干起事来不要命，一连几夜不睡觉。白天，他们相互还不断地约见，争取签了他们的“协议书”。

我脑袋发昏，想呼吸更为纯净的空气，可是，我却想起我父亲的几次“约会”。一天，临近中午的时候，我陪他去香榭丽舍大街。接待我们的是个秃顶的矮个儿男人，非常活跃，房间可真小，我们勉强能坐下。我想到他就是七个小矮人中的一个。他说话声音很低，就好像他非法占有这间办公室似的。

通常，我父亲星期天“约会”，就安排在克拉里支大厦大厅，并且带我去。一天下午，他跟一个英国人小声谈话，而我待在另一边。他试图出其不意，抢走英国人刚刚签字画押的一张纸。但是，英国人及时夺回了。那是一份什么“协议书”呢？在拜伦爵士街 1 号这栋赭色大厦里，有一间办公室，领导着一家非洲承包公司，配有一个女秘书，吕西安娜·瓦蒂埃，从前做过模特，他是以“你”称呼她。这是我对巴黎街道最初的记忆：沿巴尔扎克街上坡，然后右拐，踏入拜伦爵士街。也可以从另一个入口到这间办公室，那要从香榭丽舍大街进入诺曼底电影大楼，穿过迷宫似的走廊。

我父亲房间壁炉台上，摆放着好几卷他研究的《海洋法》。他考虑建造一艘雪茄状的油船。我父亲的两位科西嘉律师：我们去他家见过的马里亚尼先生、维扎沃纳先生。星期天和父亲一道散步，还有一位意大利工程师，持有压热力炉专利证书。后来，我父亲同一位埃尔德先生关系非常密切，他对物体放射感应进行探测，衣兜里总揣着一个摆锤。一天晚上，我父亲在楼梯上对我讲了一句话，难得的一句心里话，当时我还不大明白：“永远也不要忽略细节……我呢，很可惜，总是忽略细节……”

一九五七和一九五八年间，又出现他的一个帮手，一个叫雅克·夏蒂雍的人。二十年后，我又见到了他——他已更名为雅姆·B·夏蒂雍。在德军占领初期，他给一个批发商当秘书，娶了那人的孙女，在那个时期，他在讷伊区成为马贩子。他寄给我一封信，谈了我父亲的事："他在孤独中死去，你不要太难过。你父亲并不厌恶孤独。他有一种想象力——老实说，只是在面对生意时——他细心地充实着这丰富想象力，也充实着他的头脑。他从来就不孤单，因为他同自己的构建总是那么默契，这就是为什么，他那样子怪怪的，特别让人迷惑不解。他对什么都好奇，即使对他不以为然的事情。他本来是很容易暴躁的人，却能给人以平静的印象。他身处逆境的时候，眼里就放射光芒。他那双眼睛会睁得老大，而平常，他那稍显厚重的眼皮就遮护着眼睛。他尤其是凭兴趣做事的人。使他的对话者更加惊诧的是，他懒得说话，懒得阐明他的意图。他只是简单地提示几句，还用手势隔断，伴随着'就这样'……话尾还从嗓子眼儿带出摩擦声。懒得说话，再加上懒得写信，而且在他看来有情可原：他的字迹难以辨认。"

雅姆·B·夏蒂雍很希望我写一写他一个朋友的回忆录：那是个混混，科西嘉人，名叫让·萨尔托尔，不久前死了，他同洛里斯通街的帮伙来往密切，在占领时期，他的头儿是拉封。"真可惜，你未能写让·萨尔托尔的回忆录，你认为他是拉封的一个老朋友，那就错了。他那是在利用拉封，当作他走私黄金和外汇的避雷针，法国人追捕他比德国人还要紧。要明白这一点，他确实了解洛里斯通整个团伙的底细。”

一九六九年，我的第二部小说出版之后，他打来电话，留给我一个姓名和街道门牌号，我去那儿能找到他。那是德·瓦尔加先生的家，后来，德·瓦尔加先生牵连到杀害让·德·布罗格利[①]的案件中了。记得那是个星期天，我和父亲，以及那个夏蒂雍，我们到瓦莱里安山散步。夏蒂雍五短身材，棕褐色头发，衰残的眼皮下面，黑眼球十分有神。他把我们带进一辆旧本特利车，车座的皮革都破损了——这是他留下的唯一财产了。过了不久，他不得不同这辆车分手，骑自行车到孔蒂河滨路来了。他是非常虔诚的教徒。有一天，我以挑衅的口气问他：“宗教，有什么用呢？”他赠送给我一本教皇庇护十一世的传记，附上这样的题词：“送给帕特里克，读了这本书，也许就会明白‘这有什么用……’”

星期六晚上，父亲和我往往单独在一起。我们经常

---

① 布罗格利（1921—1976），法国政治家，曾任法国公共事务部部长和外交部长，1976 年被暗杀。

光顾香榭丽舍大街的电影院和戈蒙大酒店。六月的一天下午，我们走在罗什舒尔大街上——现在不知道为什么去了那里——为了躲避阳光，我们走进街边的一间昏暗小厅：三角洲。乔治五世影院，正在放映一部记录片：《纽伦堡审判》。我十三岁才发现集中营的景象。正是那一天，对我而言，事情有所变化。而我父亲，他是怎么想的呢？我们从未谈起过，即使在走出电影院的时候。

夏季夜晚，我们去吕克或者摄政冷饮店吃冰淇淋，到香榭丽舍大街阿尔萨斯餐馆，或者科利泽街中餐馆去吃晚饭。晚上，我们将他要投放市场的塑料唱片样品，放到紫红色皮革包装的电唱机上。我还记得，他的床头柜上放着一本书：《如何交友》，如今想起来，我明白了他的孤独。假期的一个星期一早晨，我听见通向我六楼房间的内楼梯有脚步声。继而，隔壁大浴室传来说话声。几个执达吏拿走了我父亲的全部服装、衬衣和皮鞋。他运用什么策略，避免他们扣押家具呢？

一九五八年和一九五九年暑期，在默热沃度过，我独自一人，有一个年轻姑娘，学美术的大学生照看我，就像一个大姐姐。公寓关闭，仿佛无人居住了。我们在半明半暗中穿过前厅，前往游泳池。从傍晚五点钟起，有一支意大利乐队，在游泳池畔演奏。一位医生和他妻子将他们家的两间卧室租给我们。怪异的夫妇。妻子——棕褐色头发——样子疯疯癫癫。他们收养一个我这年龄的女孩，同所有得不到爱的孩子一样，性情温柔，我和她到邻近学校空荡荡的教室里度过许多下午。盛夏的阳光下，一股青草和沥青的气味。

一九五九年复活节假期，我的一个同学不想让我关在寄宿学校里，就带我去蒙特卡洛[①]，到他祖母，德·波利尼亚克[②]侯爵夫人的家里。她是美国人。后来我听说，她的表弟哈里·克罗斯比[③]，正是劳伦斯和乔伊斯在巴黎的出版商，三十岁时自杀了。她开一辆黑色轿车。她丈夫经营香槟地区的葡萄酒，战前，他们同里宾特洛甫[④]

---

① 蒙特卡洛：摩纳哥的行政区，游览观光地。摩纳哥公国位于法国尼斯南部和意大利之间。

② 波利尼亚克：法国贵族世家，在欧洲历史上占有重要地位。男系可追溯到十三世纪沙朗松家族，十四世纪由女系继承，获子爵领地。1700 年获法国公爵领地。

③ 哈里·克罗斯比（1898—1929），美国诗人。二十世纪二十年代侨居巴黎，成立了黑太阳出版社，开始出版王尔德、劳伦斯、乔伊斯等作家的作品。他在第一次世界大战中死里逃生，性情变得乖僻倔强，曾向一有夫之妇求爱，1929 年自杀身亡。

④ 里宾特洛甫（1893—1846），德国外交家，纳粹时期外交部长（1933—1945）。1920 年前当香槟酒推销员。1946 年判处绞刑。

过从甚密，当时里宾特洛甫就是香槟酒的推销员。不过，我同学的父亲当年却是抗敌分子和托洛茨基分子。他写了一本关于南斯拉夫共产主义的书，由萨特作序。这一切，都是我后来才了解到的。在这位侯爵夫人家中，有时整个下午，就翻看一本本相册，那些照片始自二十年代，图解了她和丈夫所过的无忧无虑的美好生活。她愿意教我开车，在弯弯曲曲的路上，就把她十五马力车的方向盘交给我。一处弯道我没有拐好，我们连人带车差一点儿就悬空掉下去。她带我们，她孙子和我，去尼斯，到潘德马戏场看吕伊·马里亚诺的表演。

一九五九年和一九六〇年，英国之行，到博恩穆思，魏尔伦居住过的角落：散布在叶丛间的红色木屋、海水浴场的白色别墅……我不打算返回法国。没有母亲的音信。我还认为如果我在英国逗留的时间比预计的拖长些，也会省却我父亲许多麻烦。我投宿的家庭不能留我居住了，我就去一家旅馆的前台，身上带着三千旧法郎，他们让我免费睡在底层的一间改变用途的客厅。继而，我每天早晨上英语课的学校校长，也为我开方便之门，留我住进楼梯下面的一间仓储室。我逃往伦敦，晚间抵达滑铁卢火车站。我穿过滑铁卢桥，只身来到这座仿佛比巴黎还大的城市，我不免胆战心惊。走到特拉法尔加广场，进了红色电话亭，以接话者付费的方式给父亲打电话。我极力向他掩饰我内心的惊慌。他听我说独自到伦敦，并不显得很意外，还以无所谓的声调祝我好运。尽管我未成年，布卢姆斯伯里街一家小旅馆还是给了我一间客房，但是只准住一个晚上。第二天，我去碰运气，到大理石拱门另一家旅馆，他们同样无视我十五岁，给了我一间小客房。还是唱摇滚乐的阿飞男的英国，是克里斯蒂娜·基勒十七岁从郊区方始踏上的伦敦。后来我才知道，这年夏天，她当服务员，在贝克街一家希腊小餐馆打工，附近就是晚上我吃饭的土耳其餐馆，饭后我心里慌慌的，沿着牛津大街散步。“而托马斯·德·昆西喝着/鸦片温和而纯正的毒药/想他可怜的安娜梦魂萦绕……”

一九五九年九月一天夜晚，和母亲及其一个男友在学院街一家阿拉伯餐馆：库图比亚。时间很晚了，餐馆空荡荡的。还是夏天，天气很热。朝街道的门大敞四开。我少年时期的奇异岁月。阿尔及尔是巴黎的扩展，而巴黎能接收到阿尔及尔的声波和回响，就好像西罗科干燥的热风吹到杜伊勒里公园的树木，带来一点撒哈拉和海滩的沙子……在阿尔及尔和在巴黎的街道，跑着同样的小型低座摩托车，张贴着同样的电影广告，咖啡馆里的电唱机放着同样的歌曲，叫卖着同样的油炸土豆丸子。

在阿尔及尔如同在香榭丽舍大街，都是同样的夏天。那天晚上，在库图比亚餐馆，我们那是在巴黎还是在阿尔及尔？过了一段时间，他们用塑料性炸药炸毁了库图比亚餐馆。一天晚上，在圣日耳曼草场——还是在阿尔及尔？——杰克·罗莫利衬衣商店前不久也炸毁了。

一九五九年这年秋天，我母亲在喷泉剧院演一出戏。星期六傍晚放了学，我就到剧院经理办公室做作业。我还在那周围溜达，发现了皮加勒街区，乡野气氛还不如圣日耳曼草场修道院广场，倒比香榭丽舍大街混乱一点儿。这是喷泉街、白色广场、弗罗绍街，我头一回拂着巴黎的秘密，我虽然还没有明确意识到，却开始梦想我的生活了。

孔蒂河滨路，新来两个人，住进套房。罗贝尔·弗利，我父亲一个青年朋友，是他的司机，驾驶一辆雪铁龙 19 型车，陪他到处走，还有罗贝尔·卡尔，是一位裁缝，我母亲跟他联系密切，是为了拍马克斯·佩卡的电影：《恶性循环》，她扮演一个令人不安的外国富婆，一个年轻画家的情妇。

一九六〇年一月，我逃学了，爱上了一个名叫吉吉·达拉加纳的女孩，是我在母亲那里遇见的。我一直走到维拉库布莱的飞机库，又乘巴士和地铁，终于回到圣日耳曼草场修道院，在波拿巴街与河滨路拐角，马拉佛斯兼售香烟的咖啡馆，偶然碰上吉吉·达拉加纳。她跟几个朋友，美术学院的学生在一起。他们劝我回家。我按家里的门铃，没人回应，想必我父亲和罗贝尔·弗利开雪铁龙 19 型车外出了。我母亲一如既往不在家。必须找个地方睡觉，我就向吉吉和她的朋友们要了点儿钱，又乘地铁和大巴回到寄宿学校。校长同意把我的学籍保留到六月份。但是，学年一结束，就让我退学。

我父亲和罗贝尔·弗利偶尔也会带上我出游。他们沿着法兰西岛[①]的田野行驶，约见公证人，参观各种各样的房地产。他们在护林人的小旅店里歇脚。我父亲似乎基于一种迫切的理由，一定要到“乡下”休养。在巴黎，我去欧斯曼大街 73 号找他们，罗贝尔和我父亲在办公室里长时间商议。罗贝尔·弗利蓄留着金黄的胡子。除了开雪铁龙 19 型车，我不知道他还能有别的什么活动。他向我解释说，时而他也去毕加尔[②]“溜一溜”，他

① 法兰西岛：法兰西的发祥地，现为法国政治、经济中心，也是人口最稠密的地区，辖巴黎市、埃松、上塞纳等八个大区。

② 毕加尔（1714—1785），法国雕刻家。1750 年后为路易十五的宫廷雕刻师。主要作品有《公民》、巴黎圣母院中的阿尔古公爵墓碑、裸体的伏尔泰雕像，体现了他的现实主义。以“毕加尔”命名的街区位于巴黎北部，有红磨坊、妓院等娱乐场所。

回到孔蒂河滨路，就差不多早晨七点了。罗贝尔·卡尔将套房的一间屋改成裁缝车间。我父亲给他起个绰号：特吕发丹，假面喜剧[①]的一个人物。在四十年代，正是罗贝尔·卡尔，制作出头一批化装服饰：扎姆贝拉、卢奇·萨塞尔、姿姿·穆斯蒂克。

我陪父亲去克里斯托夫·哥伦布街，见一个新的"哑角"，一个名叫莫拉夫斯基的人。他住在这条街12号或14号，一家独立的小旅馆里。我在外面等着他，在栗树茂密的枝叶下来回踱步。时值初春。我母亲正在艺术剧院演一出戏，剧院的女经理是亚历山德拉·鲁贝–扬斯基。演出的剧目为《女人要知道》，作者是一位里昂丝绸厂厂主及其女友，演出完全由他们出资：租剧院，付给演员演出费。每天晚上，演出厅都空荡荡的，观众仅有里昂丝绸厂厂主的几个朋友。导演明智地向厂主建议，不要邀请剧评家，借口是他们"恶毒"……

暑期前最后一个星期天傍晚，罗贝尔·弗利和我父亲开雪铁龙19型轿车，陪我去蒙塞尔学校，等我收拾好箱子，装进轿车的后备箱里，我就沿着西部高速公路，诀别了茹伊昂若萨。

---

① 原文为意大利文，"假面喜剧"从十六世纪至十八世纪流行于意大利。

看起来，家里就是想要我远离巴黎，一九六〇年九月给我注册了托讷的圣约瑟夫学校，是远在上萨瓦省（毗邻瑞士和意大利）的小镇。一位雅克·盖兰先生和他的妻子，我父亲的妹妹斯泰拉，做我的联系人。他们在安讷西湖畔韦里耶，租了一所绿窗板的白房子。不过，除了星期天偶尔离校几小时，他们对我并没有多大帮助。

“雅基”盖兰业余爱好“纺织业”，他原籍里昂，生活放荡，喜爱古典音乐，滑雪，开豪华轿车。斯泰拉·盖兰则与日内瓦的律师，皮埃尔·雅库继续保持通信关系。当时，皮埃尔·雅库被控告谋杀，关进了监狱，后来获释，斯泰拉就去日内瓦看望。大约一九六三年，我在莫旺皮克酒吧，遇见他和她在一起。他跟我谈论文学，尤其谈马拉美。

雅基·盖兰在巴黎，充当我叔父的顶替人：“盖兰公司”，上城街七十四号，其实就是我叔父经营的企业。我始终没有弄清盖兰公司究竟做什么，就是一个类似货栈的地方，我叔父拉尔夫的办公室在那里销售“物资”。过了几年，我问过他，公司为什么起盖兰的名，而不用他自己的姓名“莫迪亚诺”。他用巴黎的口音回答说：“要知道，老兄，意大利音韵的姓名，战后不为人待见……”

假期最后几天午后，我在韦里耶湖畔看《魔鬼附身》[①]和《巫魔舞会》。开学前几天，父亲寄给我一封措辞严厉的信，简直就是打击一个即将囚禁于寄宿学校的男孩的士气。他将一个有点罪过的人交给命运支配，还确信他这样做得对；是想落个心安理得吗？“阿贝托·鲁道尔夫·莫迪亚诺，巴黎六区孔蒂河滨路15号，一九六〇年九月八日。你从圣洛给我寄来的信我给你打回去。我要对你说，收到你这封信，我一刻也不相信；你渴望回巴黎的动机，是为了考取你将要上的学校。正因为如此，明天早晨，你就赶九点钟的火车去安讷西。我等你到那所新学校的表现，我也只能祝愿在那里你的品行能起到模范作用。我本来打算去日内瓦见见你。这趟旅行，眼

---

① 拍摄于1946年的法国影片。改编自法国作家雷蒙·拉迪盖的半自传体小说，描写在一战行将结束前的几个月，一名丈夫在前线作战的少妇跟一名年仅17岁的大男孩发生了一段畸恋。

下看来没有必要了。阿贝托·莫迪亚诺。”

我母亲像一阵风似的经过安讷西，匆匆忙忙给我买了两件用品作为我的行头：一件灰色罩衫、一双打折的绉胶鞋，穿了十年从不透水。她在我返校那天晚上之前离开我。这总是于心不忍的事：眼睁睁看着一个孩子回寄宿学校，明明知道是去过囚徒生活。真想把孩子留下。她心中提出这个问题吗？看起来，从她的眼神里，我没有发现慈悲的影子。况且，她要动身去西班牙，准备逗留很长一段时间。

还是九月份。一个星期天晚上，返校了。圣约瑟夫学校最初的日子，对我来说很艰难。但是，我很快就适应了。四年以来，我就已经成为寄宿学校的常客了。我在托讷的同学，大多都是农民子弟，我喜欢他们胜过蒙塞尔那些金玉其外的小流氓。

可惜的是，阅读受到监视。一九六二年，因为看了《麦苗》，我被勒令离校几天。幸亏我的法语教师阿康伯雷神甫，我才获得“特许”，能看禁止其他学生阅读的《包法利夫人》。我保存了这本书，上面有他写的：“同意：二年级”，并有校长，议事司铎雅南的签名。阿康伯雷神甫推荐我看《海洋之路》，莫里亚克的一部小说。我看了很喜欢，尤其结尾，甚至如今还记得最后这句话："……如往昔黑暗的拂晓"。他也让我读了《无根的人》[①]。难道他觉出我有点缺少的，就是索洛涅或者瓦卢瓦的一座村庄，抑或我自行编织的梦想吗？在宿舍里，我放在床头柜上的书籍：帕韦泽的《生存这一行》[②]。他也不想禁止我看如下这些书：《玛侬·列斯戈》[③]《火的女儿》[④]《呼啸山庄》《一个乡村教士的日记》[⑤]。

每月离校一次，只有几小时，星期天傍晚，汽车又将我拉回学校。我在湖畔韦里耶的镇政府那边一棵大树下等车。乘车一路，我往往站着。许多农民星期天进城，也纷纷乘车回农场、夜幕临降。汽车驶过芒遍-圣贝尔纳尔城堡、阿莱克斯小墓园、格利埃尔高地[⑥]英雄墓园。星期天傍晚的这些长途汽车和安讷西-巴黎火车，还像占领时期那样，人塞得满满的。而且，汽车和火车车厢，还几乎同那时一模一样。

---

① 法国作家莫里斯·巴雷斯（1862—1923）写于1897年的小说。

② 意大利作家切萨雷·帕韦泽（1908—1950）的日记。

③ 法国作家普雷沃神甫（1697—1743）写于1731年的小说。

④ 法国诗人、作家奈瓦尔（1808—1855）的小说集，出版于1854年。

⑤ 法国作家贝尔纳诺斯（1888—1948）写于1934年的作品。

⑥ 格利埃尔高地位于法国东部博尔姆高原，1944年，当地一支抗敌武装与德军英勇激战，1973年，由雕刻家埃米尔·吉利奥利制作了国家抗战纪念碑。

阿尔及尔军事政变[①]，我在宿舍关注着突变的形势，听着小半导体收音机，心想全国陷入恐慌，我就可以乘机逃离学校。可是，到了下一个星期天晚上，法国重又恢复秩序了。

宿舍的小夜灯。假期过后，回到学生宿舍，头一夜非常难过。醒来不知身在何处。小夜灯猛然提醒了你。晚上九点钟熄灯。床铺太狭小。床单一股汗臭味，几个月也不换。衣服也同样。六点一刻起床。用凉水草草洗把脸，盥洗池长有十米，安装一大排水龙头。自习。早餐。咖啡不放糖，盛在不锈钢碗里。没有黄油。上午课间休息时，我们在操场的顶棚下，聚在一起可以读读《自由回声报》。下午四点钟，发一片面包干和一方块黑巧克力。晚餐喝栗子粥。我饿得要命，脑袋都有点发晕。有一天，我们几个同学将管总务的布隆神甫拉到一边，对他说我们吃不饱饭。星期四下午全班出游，围着托讷四周散步。到了村子，我趁机买《法兰西文学》《艺术》

---

① 阿尔及利亚成为法国殖民地近百年，二次大战后，阿尔及利亚民族解放阵线组织武装反抗，是为阿尔及利亚战争。法国政府不堪其负；意欲非殖民化，让阿尔及利亚独立。1958 年，法军右翼军官在阿尔及尔发动军事政变，反对政府的非殖民化政策，扬言挥师本土，推翻政府。国内局势极度紧张，各派政治力量便推戴高乐将军主政，结束第四共和国，开始第五共和国。戴高乐利用自己在军中的影响力，亲自视察阿尔及尔，以巧妙的策略化解了危机。

和《新文学》等刊物。这些刊物买来，我从第一行看到最后一行。所有这些周刊，都摞在我的床头柜上。午饭后休息时，我就听广播。远处，树木后面，传来锯木头的单调呻吟。在操场的棚顶下，熬过连雨天。一排蹲式厕所，门也不关上。晚间，到小礼拜堂祈福；然后排队回宿舍。

雪，伴随六个月。这样的冰雪，我总觉有几分动人和友善。这一年，半导体收音机反复播放的一首歌曲：“不，我再也想不起，消失舞会的名字……”

这一学年，我极少收到母亲从安达卢西亚寄来的信。写来的信也大多寄到湖畔韦里耶盖兰家，仅有两三封例外，直接寄到学校。收寄的信件都必须由学校拆开检查，议事司铎雅南认为；这个没丈夫的母亲待在安达卢西亚；实在奇怪。她从塞维利亚给我写道：“你应当开始阅读蒙泰朗①了。我认为你从他那儿能学到许多东西。我的老小子，认真听我的话吧。求你这么做吧，读一读蒙泰

① 亨利·德·蒙泰朗（1896—1972），法国二十世纪重要作家，他的作品体现出古典美，语言典雅，尤其注重心理分析，认为“一切都来自人的内心”，应“表现人的灵魂的某些活动”。《少女们》（1936）是四部曲中第一部，贯穿四部曲的主要人物，是个厚颜无耻的青年作家皮尔科斯，对女性具有诱惑力。许多女子倾慕他，尔后又深受其害。

朗。你会从他那里发现有益的劝导。例如，面对女人，一个年轻男子言谈举止应该如何。真的，读一读蒙泰朗的《少女们》吧，你能学到许多东西。”我万分惊讶，她的语气这么激烈：蒙泰朗的作品，我母亲一行也没有读过。是她的一个男友，记者让·科，向她耳朵吹风给我这个建议。如今我还困惑不解：他真的希望，在性爱方面，蒙泰朗成为我的向导吗？我倒是天真地读了《少女们》。我更喜欢蒙泰朗的《巴黎索引》。一九六一年，我母亲发错了，给我寄来另一封信，引起司铎的疑虑。这封信里附有关于一出喜剧评论的剪报：《奇阔塔的示意》，是她与菲尔南·格拉维巡回演出的喜剧。

一九六〇年圣诞节，是同我父亲及其女友在罗马度过的。他的女友比他小二十岁，一个神经质的意大利女郎，草黄色头发，一副冒牌的米莱娜·戴蒙若的范儿。平安夜的一幅照片图解了这一天。是在维纳托街附近一家夜总会拍摄的。照片上的我若有所思的神态；四十年后心中还发问，我跑到那儿干什么呢。我可以想照片是一种蒙太奇，便聊以自慰。冒牌货米莱娜·戴蒙若力图争得教会解除她的第一次婚约。一天下午，我陪他去梵蒂冈，登门拜访蓬多拉大人。蓬多拉尽管身穿教袍，办公桌上有教皇题赠的照片，还是像我父亲在克拉里茨会见的那些生意人。那年圣诞节，我父亲见我手上冻疮深深的裂口，似乎感到很诧异。

重返寄宿学校，一直熬到放暑假。七月初，我母亲从西班牙回来，要我去日内瓦机场接她。她的肌肤变为棕褐色了。她住到湖畔韦里耶盖兰家中，身无分文，只有一双鞋。在西班牙巡回演出收获不大，却毫发未损她的高傲。她的下颏扬起老高，讲述安达卢西亚和斗牛士的“辉煌”故事。然而，受华而不实和奇思异想的遮蔽，她那颗心并不温柔。我父亲在那一带逗留数日，由与他办事的菲力浦·德·D侯爵陪同。侯爵高个头儿，一头金发，蓄留髭胡，说话声音洪亮，带着一个棕褐头发的情妇。他借用我父亲的护照去瑞士。他们俩同样身高，留着同样的胡子，身体也同样胖瘦，而D丢失了证件，是因为比塞大[①]事件；他匆忙离开降临灾难的突尼斯。脑海重又浮现塔卢瓦尔的比兹神父的平台上的情景，心中再次发问，我掺和到我父亲、菲力浦·德·D及其棕褐色头发情妇中间，究竟能干什么呢。

① 比塞大：突尼斯城市，设有大型炼油厂。在比塞大湖的出口，从1882年至1963年，这里成为法国在地中海的海军基地。突尼斯脱离法国独立后，要收回这个基地，由此引起了一些事件。

八月份，我母亲和我，我们去克诺克-勒-朱特[①]，那里一户人家是我母亲的朋友，战前曾在他们的小别墅接待我们。多亏他们的热情，我们才不至于露宿或者投奔救世军。常玩卡丁车的生活优裕而笨拙的青少年。根特的一些企业家，像快艇驾驶员那样洒脱，拿腔拿调地彼此问候，讲的法语极力掺进英语的声调。我母亲年轻时的一个男友，一副堕落的老孩童的样子，在通往奥斯坦德的沙丘后面经营一家夜总会。随后，我独自返回上萨瓦。我母亲则回巴黎。我在圣约瑟夫学校，又开始了一个学年。

一九六一年万圣节假期。在安讷西，雨和融雪下的王府街。书店橱窗里摆放着莫拉维亚[②]的小说《愁闷》，书带上印着："而他的解闷方式：情欲"。万圣节灰色的假期，我读了《罪与罚》，这是我的惟一慰藉。我得了湿疹，要去瞧我从安讷西年鉴上查到姓名的一位女大夫。她看到我状态不佳，显得很惊讶。她问我："您父母在吗？"面对她的关切和母亲般的温柔，我得强忍着，以免

---

① 克诺克-勒-朱特：比利时村庄。随后的根特、奥斯坦德，都是比利时的重要城市。

② 莫拉维亚（1907—1990），意大利新闻记者，小说家，以描写社会上人与人之间关系冷漠、道德败坏、缺乏真爱而闻名。

放声痛哭。

一九六二年，我母亲的一封信，幸好没有落到雅南议事司铎的手中：“这个星期我没有给你打电话，我没有在家。星期五晚上，我去参加鸡尾酒会，是利瓦克在他制片的摄影棚里举办的。我还出席了特吕弗[①]导演的电影，《茹勒和吉姆》的首映式，当天晚上，我又去国家大众剧院（TNP），看了卡尔德隆[②]的剧作演出……我想你，知道你学习多么紧张。加油，我亲爱的孩子。我拒绝同布维尔演那出戏，始终不后悔。真若扮演如此庸俗的一个角色，那我会难过死的。但愿我能找到别的东西。我的孩子，不要以为我忘了你，真的，我挤不出来时间，不能给你寄包裹。”

一九六二年二月，我趁封斋节前的星期二放假，不顾三十九度的高烧，乘人满为患的火车回巴黎，希望父

---

① 弗朗索瓦·特吕弗（1932—1984），法国电影导演，新浪潮派的一员主将。他在《电影手册》工作八年，撰写的影评批评法国电影因循守旧；主张放手让导演创造自己的独特风格。他的三部曲：《四百下》（1959）、《偷吻》（1968）和《夫妻生活》（1970）中的男主人公是他本人经历的写照。《四百下》获戛纳电影节奖。

② 卡尔德隆·德·拉·巴尔卡（1600—1681），西班牙剧作家，诗人，是继洛佩·德·维加之后，西班牙最著名的剧作家，在世界剧坛有一定地位。一生共创作一百多部世俗剧，最著名的有：《医生的荣誉》（1635）、《人生如梦》（1935）等。

母见我生了病，会留我在巴黎住几天。我母亲住到套房的四楼，屋里只剩下一张破了洞的长沙发，再无任何家具了。我父亲同冒牌货米莱娜·戴蒙若住五楼。在母亲的住房，我又遇见记者让·科，他有个保镖，以防秘密军队组织[①]的暗杀。萨特的这位前秘书是个奇特的人物，长一颗猞猁的头，那副模样仿佛被斗牛士吓呆了。我十四岁那时候，就说得他相信，斯塔维斯基[②]的儿子用了假名上学，就住在我的隔壁宿舍，这个同学曾向我透露，他父亲还活着，在南美洲某个地方。让·科就开着四马力小轿车来到学校，无论如何也要认识一下"斯坦维斯基之子"，期望搞一个独家新闻。那年冬天，我也重又见到了让·诺尔曼（又名让·杜瓦尔），我母亲的一位朋友，他在我十一岁的时候，就建议看侦探小说丛书。当时，一九五六年，我还不可能知道，他

---

① 秘密军队组织（l'OAS）：1958 年，在阿尔及尔发动军事政变的法军，在戴高乐将军化解这场危机后，一些极端的军官便组成秘密军队组织，转入地下活动，暗杀支持阿尔及利亚独立的各界有影响的人物。

② 1935 年 12 月，金融家斯塔维斯基创办的信托组织，发行的股票证明毫无价值。次年 1 月，发现斯塔维斯基已经死亡，警官判定是自尽。法国右翼人士认为是他杀，旨在阻止丑闻宣扬，以免把包括部长和议员等显要人物卷进去。这一事件触发右翼势力骚动，酿成第三共和国（1870—1940）历史上一次重大危机。

刚刚出狱。还有米莱依·乌鲁索夫，她睡在客厅的旧沙发上。还有一位棕褐色头发的女郎，二十八九岁至三十岁，是我母亲在安达卢西亚认识的。她嫁给一个俄罗斯人，埃迪·乌鲁索夫，外号“领事”——“自由古巴”的——因为他喝酒比得上马克尔姆·劳里[①]的人物。他们夫妇二人在托雷莫利诺斯[②]开了一家酒吧小旅馆。她是法国人。她向我讲述她十七岁那年，要去参加中学会考的那天早晨，闹钟没有响铃。她一直睡到中午，当时家住在朗德省一个地方。夜晚，我母亲不在，只有米莱依·乌鲁索夫陪伴我。她躺在陷下去的小长沙发上睡不着觉。而我，则有一张大床……一天早晨，我和她去奥岱翁[③]广场。在圣安德烈贸易法院的拱廊下，一个茨冈女人给我们看手相。米莱依·乌鲁索夫对我说，她很好奇，想十年后再认识我是什么情景。

---

① 马克尔姆·劳里（1909—1957），英国小说家，诗人。因反对传统的资产阶级教育，中学辍学，上海船当仆役前往中国，并以此次航行为素材，写出长篇小说《在海的彼岸》（1933），后在剑桥大学学习，获文学学士学位。赴巴黎，同一个美国女子结婚。1935 年投奔好莱坞影城，后又去墨西哥，写下名著《在火山下》（1947）。

② 托雷莫利诺斯：西班牙的城市。

③ 奥岱翁：位于巴黎六区，毗邻索邦大学和卢森堡公园，广场旁有奥岱翁剧院。

在灰蒙蒙的三月份返回托纳。安讷西主教隆重参观了这所学校。大家纷纷吻他的指环。演说。弥撒。我收到父亲的一封信，没有被雅南校长拆开过，而这封信如果契合实际，那就是好父亲写给好儿子的信件。“一九六二年五月二日。我亲爱的帕特里克，我们应当以最大的坦诚态度，彼此将心里话全讲出来，这是避免亲人变为生人的惟一可行的办法，而这种情况可惜太司空见惯，发生在许多家庭里。我很高兴你向我谈你当下面临的问题：你要将你未来的生活引往什么方向。你向我解释，一方面你明白，要在社会上立足，文凭必不可少，另一方面，你也需要写书，创作剧本以表达自己的想法，你愿意全身心投入这件事。在文学上获得成就最大的人，除了少数例外，绝大部分都是学习成绩优异。许多事例，你同我一样了解：萨特，如果不是继续学业，直到获取哲学教师资格证书，他的著作有些就可能写不出来了。克洛岱尔[①]，出色地修完了政治学院的学

① 克洛岱尔（1868—1955），法国诗人，剧作家。中年时曾在中国上海、福州、北平、天津等地任外交官，自取中文名字为“高禄德”。外交生涯与文学创作并行不悖，在外交任内写下第一部重要剧作，三幕散文诗体剧《正午的分界》（1906）。他的代表剧作《缎子鞋》（1929），象征意义更浓，情节线索是多头的、多方位的。主人公罗德里格与有夫之妇普萝艾丝的恋情为主线，普萝艾丝极力抑制婚外恋情，将一只缎子鞋献给圣母像，并立下毒誓。

业之后，到日本任年轻的大使馆专员时，才写出了《缎子鞋》。罗曼·加里①，获得了龚古尔奖，从前也是政治学院的学生，到美国任过领事。”他希望我能获得国立农学院的农业技师学位。他认为这是一种有前途的行业。他如此重视学习，就因为他本身错过了机会，他有点儿像那些强盗，要让他们的女儿在寄宿学校受到“修女”的教育。他说话带着轻微的巴黎口音——上城居民区和小公馆街的口音，也有特雷维斯居民区的口音，在那里寂静的树下，能听见潺潺的喷泉声。他时常使用切口隐语。不过，他能使出资人产生信任感，只因他这个人态度亲切，又显得稳重，高高的个头儿，着装极为合体。

我在安讷西通过了全国中学毕业会考。这便是我拿到的惟一文凭。七月在巴黎，见到了父亲母亲。蒙索公园，我读到阿尔及利亚战争结束的报导。布洛涅树林，

---

① 罗曼·加里（1914—1980），法国作家。生于立陶宛，十四岁随父母移居法国。处女作《欧洲教育》（1945）获当年的评论奖，一举成名。他的小说《天根》（1956）获龚古尔奖。他觉得成名后出书太容易，就化名“埃米尔·阿雅尔”，作为新人投稿，于1974至1979年发表了四部小说，其中《来日方长》（1975），使他再获龚古尔奖。同期他还以真名发表了七部小说。直到加里死后，才真相大白，为文坛留下一段佳话。

我发现了《长夜行》[1]。我独自走在巴黎的街道上，只觉得满心欢喜。八月的一个星期天，我向东南方向走去，儒尔丹大街和凯勒曼大街，这个街区以后我要摸熟。在一个报亭门面，我得知玛丽莲·梦露自杀了。

八月份在安讷西。克洛德。一九六二那年夏季，她二十岁，在里昂一家裁缝店干活。后来成为“临时工”的时装模特儿。继而到了巴黎，就当上正式时装模特儿了。再后来，她同一位西西里岛王子结了婚，到罗马生活，时间就永远定格了。罗贝尔。他在安讷西闹出丑闻，公然要求她“婶母”的身份。他在这座外省的城市里是个被排斥者。正是一九六二这年夏天，他二十六岁。他向我展现“鲜花圣母堂”多么“神妙”。罗贝尔非常年轻的时候，就跟比利时的男爵约翰·L交上朋友，那是男爵在安讷西逗留，下榻在王家大酒店的时候；还是这位男爵，我母亲于一九三九年，在安特卫普认识了他的捐

① 《长夜行》，又译《茫茫黑夜漫游》，作者塞利纳（1894—1961），本名路易-费迪南·德图什，法国作家。出身较富有的小资产阶级家庭，一九二四年获医学博士学位，到日内瓦，参加国联医疗调查工作，率医疗队奔赴美洲、非洲等地考察。行医之余开始文学创作，发表《长夜行》（1932）、《缓期死亡》（1936），继承了拉伯雷、伏尔泰、雨果的流浪汉文学的传统。他的一句名言：“在时间的历史中，生活只是一种狂热，真实就是死亡”，表明他的写作宗旨：创作是一种反死亡的狂热，重在激动情感，而不在讲述故事。

客。一九七三年，我又见到了罗贝尔。那是个星期天晚上，在日内瓦，我们坐他的车穿过贝尔格桥，他喝得烂醉，我们险些掉进罗讷河中。他于一九八〇年死了，面部有击伤的痕迹，警察逮捕了他的一个朋友。我在一家报上读到这样写他："一个小说人物的真正死亡。"

一位姑娘，玛丽。夏天，她跟我一样，下班后，晚上七点钟，到安讷西火车站广场乘长途汽车。她返回湖畔韦里耶。我是在这班车上认识她的。她的年龄比我稍大一点点，已经工作了，当了打字员。在她休息的日子；我们就到韦里耶湖畔小滩见面。她正在看莫洛亚[①]的《英国历史》。还看图片小说，是我去湖滩前给她买的。

在体育馆或者酒馆见到的我的同龄人，都随风而去了：外号"侯爵"的雅克·L，其父曾是保安队[②]队员，一九四四年八月在大博尔南被枪决。皮埃尔·富尔尼埃，拿一根手柄有球饰的手杖。还有属于阿尔及利亚战争的

---

① 安德烈·莫洛亚（1885—1967），法国小说家、传记作家、历史学家和文艺评论家。他的短篇小说集《栗树下的晚餐》（1951）、《雨果传》（1954）、《巴尔扎克传》（1965）的中译本都在我国流行。为普及历史知识，他撰写了《英国史》（1937）、《美国史》（1943）、《法国史》（1947）等。

② 保安队：二次大战中，依附德军的法国人军事组织。

那一代人：克洛德·勃兰、扎基、保罗·埃尔维厄、罗兹；女的有伊维特，曾做过皮埃尔·勃拉瑟尔的情妇，棕发多米妮克，身穿黑色皮外衣，从拱廊下走过，据说，她在日内瓦，靠“她的色相”为生。……克洛德·勃兰和他的朋友们。都是一些 vitelloni[①]。他们最迷恋的电影，就是《漂亮的美国女郎》。他们从阿尔及利亚战争归来，就买了 MG 旧车，带我去看了“夜场”的足球赛。其中一人打赌，用半个月就能勾引上省长的夫人，带她去凡尔登大饭店开房；他真赌赢了；另一个人则成为一位美艳富婆的情人；那是一个名人的孀妇，冬季经常到夜总会的二楼，光顾桥牌俱乐部。

我乘长途汽车前往日内瓦，在那里有几次陪伴我父亲。我们跟一个叫庇卡尔的人，在一家意大利餐馆吃午饭。下午，他总有约会。六十年代初，日内瓦很怪异。在罗纳饭店的大厅里，一些阿尔及利亚人低声交谈。我去老城一带溜达。据说，我爱上的棕发多米妮克，夜晚在湖岸缓坡街 58 号俱乐部里做事。在回程的路上，汽车在暮色中穿越边境，没有停车接受海关检查。

一九六二年夏，我母亲到安讷西巡回演出，在夜总

---

① 意大利文，意为“浪荡青年”。

会剧场演了萨沙·基特里[①]的剧作:《听好了，先生们》,同台演出的有让·马尔夏和米歇尔·弗拉姆，一头金发的“帅小伙”，穿着非洲豹皮色的游泳裤。他在体育馆的饮料专柜请我们喝了清凉饮料。暑假结束的时候，星期天跟克洛德一道，沿着帕齐耶草坪散步。已经入秋。我们从省政府门前经过，他的一个女友就在这机关里工作。安讷西又恢复外省城市的面貌。在帕齐耶草坪上，我们碰见一个年迈的亚美尼亚人，他总是踽踽独行。克洛德对我说，他曾是个非常富有的商人，大把大把钱给了妓女和穷人。雅基·盖兰的灰色轿车，由阿勒马诺装配的车身，环湖缓缓行驶，有始无终了。我继续拨弄这些年头，没有乡愁，只是声调很急迫。如果说，话相拥挤，而语无伦次，那也怪不得我。必须从速，否则我就丧失勇气了。

---

① 萨沙·基特里（1885—1957)，法国演员、剧作家和电影艺术家，创作喜剧《我父亲说得对》，电影《一个骗子的传说》。他的作品体现了某种巴黎的风趣，出彩而尖刻。

九月，在巴黎，我进入亨利四世中学哲学预科班，作为住校生，尽管我父母的住所离学校仅有数百米。算起来，我寄宿学习已有六年了。在前几所教会学校中，我领略了更为严格的纪律，可是对我来说，住校生活，从来没有像亨利四世中学这么难熬。尤其放学时刻，眼看着走读生纷纷离校，从大门廊跑上街道。

我记不大清楚住校的同学了。好像有三个男生来自萨尔格米讷城，准备上巴黎高师。我班上一个马提尼克[①]岛的同学，经常同他们在一起。另一名学生总抽烟斗，穿一件灰色罩衫、一双方格布列顿呢拖鞋。据说，他住校三年，没有出过这所中学的院墙。我还隐约记得同宿舍一个同学，矮个头儿，红棕头发，两三年后，

---

① 马提尼克：法国外省省名，位于拉丁美洲，首府法兰西堡。马提尼克岛是小安的列斯群岛的一个岛。

在圣米歇尔大街，我远远望见他在雨中身穿大兵的军装……熄灯之后，夜间值班员手提灯笼，挨床上察看是否有人。这是一九六二年秋季，也像是十九世纪，也许上溯更久的一个时期。

我父亲只来这所学校看过我一次。校长允许我到学校门廊下等我父亲。这位校长的名字很好听：阿多尼斯·戴尔佛斯。父亲的身影，就站在门廊下，但是看不清他的脸，就好像在这中世纪修道院的背景中，他的出现在我看来是虚幻的。一个高挑身材的男人侧影，没有脑袋。记不得是否有会见室，我们是在二楼见的面，我想是间图书室，或者礼堂。只有我们父子二人，面对面坐在一张桌子前。我一直把他送到中学的大门口，他在先贤祠广场上渐行渐远。有一天，他向我透露，他十八岁那年，也经常到学院区来，兜里的钱只够吃顿便餐，在杜蒙-拉丁馆要杯牛奶咖啡，吃几个羊角面包。那时，他肺部有阴影。我合上眼睛，想象他沿着圣米歇尔大街返回，走在法兰西行动[①]的那些乖乖的中学生和大学生

---

① 法兰西行动：法国民族主义者和王党分子组合的一种反共和的运动，聚集了右翼势力，在法国形成一股逆潮流，影响了二十世纪前四十年的法国社会。报纸《法兰西行动》（1908—1944），则是该派的喉舌。二战中，因与维希政府合作，该派名声扫地，战后报纸遭禁，遂销声匿迹。

中间。属于他的拉丁区，倒应该是维奥莱特·诺兹埃尔区。当年，他在维奥莱特大街上，一定能经常迎面遇见她。维奥莱特，“费纳隆[①]中学漂亮的女生，在她书桌里养蝙蝠。”

我父亲又跟冒牌的米莱娜·戴蒙若结婚了。他们住在五楼，在我母亲套间的上面。我父母一起生活的时候，这两层是一套房，一九六二年，还没有折分成两套房。在一九四七年，我父亲开始租下第四层时，就封死一道门，建了一道内部楼梯。冒牌的米莱娜·戴蒙若不同意我既住校，又继续见我父亲。

住校两个月，我收到父亲这样一封信：“……今天早晨九点十五分，你上楼来告诉我，只要我不收回让你住校的决定，你就决意不再返校。大约十二点半，你又向我重申说过的话。你这种行为无法形容。如果照你的想象，使用这种小小的敲诈伎俩，就能使我退让，那你真是异想天开。因此，为了你好，我还是赶紧劝你明天早

---

① 费纳隆（1651—1715），法国作家、教育家、天主教大主教。他出入博维利埃公爵府邸，为他们的众多子女写了《论女子教育》（1689）。他赢得路易十四的信任，受聘为王孙勃艮第公爵的老师，为此他写了《忒勒马科斯历险记》（1699），取材于荷马史诗《奥德赛》的第四章，借智慧女神之口，表达了作者的政治主张和治国理念。

晨返校，向你的校长道歉，说明缘故，因流感才缺课。我要极其明确地把话说在前头，你若是另搞一套，那就有你后悔的。你才十七岁，还未成年；我是你父亲，为你的学习负责。我打算去拜访你的校长。阿贝托·莫迪亚诺。”

我母亲没有钱，在这一九六二年十月份，没有一场演戏聘约。我父亲发出威胁，如果我不乖乖返回学校宿舍，他就不再供给我生活费用了。如今想一想，我觉得他在我身上花费不多：只是那点儿住宿费。不过，我想起五十年代末，我见他完全“身无分文”了，居然向我借一千旧法郎，那是我外公不时拿出些他的工人退休金，从比利时寄给我的钱。我感到他比我父母亲近。

我继续“罢课”，不回学校宿舍。一天下午，母亲和我，我们一个铜板也没有了。我们在杜伊勒里公园里散步。万不得已，她决定求助于她的女友苏姗娜·弗隆。我们连买两张地铁票的零钱都没有了：就徒步走到乔治五世大街。苏姗娜·弗隆在她多层露台的套房接待我们：真以为上了一条邮轮。我们留下吃晚饭。我母亲双腿站定，以演悲剧的腔调，向她陈述了我们的“不幸”，同时伴随着不容置疑的舞台动作。苏姗娜善意地倾听，为这种境况伤心。她主动提出给我父亲写封信，给了我母亲一笔钱。

随后几个月，想必我父亲终于下了决心，让我永远离开我从十一岁就年年入住的学生宿舍。他约我到咖啡馆见面。他唠叨不休，怪罪我母亲和我，我在我们父子之间未能建立起一种亲密关系。每次我都不得不向他乞求，他最终极不情愿，给我一张五十法郎的票子，我就带给我母亲。有些日子，我空手而归，引起她大发雷霆。很快，我就要满十八岁了，随后几年，我就极力设法，自己给她弄到这些可恶的、印有诗人让·拉辛头像的五十法郎钞票，然而，这并不足以消除她始终向我表现出的咄咄逼人、缺乏善意的态度。我从来无法向她交心，也不能请求她什么帮助。有时候，我就像一条没有家谱的野狗；有点儿过分放任自流，萌生一种幼稚的欲念，白纸黑字，详详细细写下她由于心狠和轻率，让我遭受的所有委屈。现在我保持缄默了。我也宽恕了她。从今以后，这一切都消逝淡远了……记得我上学时，抄过莱翁·布洛瓦[1]的这样一句话："人这颗可怜的心，有些部位尚属子虚，痛苦进入方始存在。"然而在这里，这

① 莱翁·布洛瓦（1846—1917），法国作家，其创作灵感来自基督教精神，著有长篇小说《绝望》（1886）、《穷苦女子》（1897）和一部《日记》（1917）。

是一种完全无谓的痛苦，甚至无法升华成一首诗。

窘困又要逼近我们。有一年——一九六三年一套房必须“接上”煤气，必须施工。我母亲付不出钱来，我也无能为力。我们只好在酒精炉上做饭。我们从来不烧暖气。缺钱的状况持续很久。一九七〇年一月的一天下午，我们一点招儿也没有了，她就把我拉到皮埃尔-夏隆街的当铺，让我将一支“钻石笔尖的金笔”当掉：这是一个文学奖品，由莫里斯·舍瓦利埃[①]亲手颁发给我的。他们只给了我二百法郎，我母亲眼神冷酷，一把抓过去揣进兜里。

那些年，我们年年都感受“房租付款期的焦虑”。这些套房很老旧，战前就破烂不堪，当时租金不很高。街区随着商业和居民而发生变化，从一九六六年起，房租就涨了。不要怪我，讲述这种细节，不过，这些事确实引起我的忧虑，但是很快就排除了，只因我相信奇迹，我也沉浸在巴尔扎克式的发财梦想中。

几次同我父亲见面，令人伤感，我们就再也不一道回公寓楼了。他先回去，我则依照他的指示，要等一阵

---

① 莫里斯·舍瓦利埃（1888—1972），法国电影演员，以通俗戏谑和所戴的扁平宽边草帽而著名。

工夫，绕着建筑群兜圈子。他得向冒牌的米莱娜·戴蒙若隐瞒我们父子见面。通常，我们单独相见。有一天，我们和菲力浦·德·D侯爵共进午餐，这一餐要跑两家餐馆，一家在卢浮宫河滨路，另一家在大奥古斯丁河滨路。父亲向我解释说，菲力浦·德·D有个习惯，同一顿午餐，要吃好几家餐馆，约见不同的人……在一家餐馆吃第一道菜，到另一家餐馆吃主菜，再换一家吃餐后点心。

那天，我们跟随菲力浦·德·D，从卢浮宫河滨路转移到大奥古斯丁河滨路。他身穿一种军装，声称在战争中，他曾是诺曼底-尼耶芒空军中队的成员。我父亲度周末，也时常去D的古堡，坐落在大西洋岸卢瓦尔省。他到那儿，甚至还参加猎鸭的活动，也只是勉为其难吧。我还记得，一九五九年，我们在索洛涅[①]保尔·贝尔托勒家度过的几天，有他妻子以及德·纳莱什伯爵，当时我真怕父亲把我丢下，而这些杀手带上我去围猎。我父亲跟菲力浦·德·D做“生意”，同样也跟保尔·贝尔托勒做“生意”。据我父亲说，D年轻的时候，是个放荡的公子哥儿，甚至蹲过监狱。后来，他给我看，D戴着手

① 索洛涅：法国地区名，指卢瓦尔河西行注入大西洋前的河口三角洲一带。

铐的一幅照片，是他从一份《私家侦探》旧报剪下来的。可是，D继承了他祖母（娘家姓W）一大笔遗产，想必我父亲需要他出资。五十年代末以来，我父亲确实还抱着一种梦想，要赎回哥伦比亚一个产业的股票。自不待言，他指望菲力浦·德·D出资帮他实现这一计划。

D后来娶了一个女汽车赛手冠军，最终毁掉了他的生活：先是在哈马马特（突尼斯、阿尔及利亚均有同名城市）经营一家夜总会，后来又到波尔多开了修车厂。我父亲则不然，还坚持数年，忠实于他那哥伦比亚之梦。一九七六年，一位朋友转交给一张卡片，上面能看到这样的信息："莫居皮亚金融公司。注明地址：巴黎（九区）牧羊女街22号。电话：7707694。法国股份有限公司。董事与领导：总经理：阿贝托·鲁道尔夫·莫迪亚诺先生；董事：夏尔·吕什威、莱翁-米歇尔·泰松……等先生，卡菲尔托拉斯公司（拉乌尔·梅尔诺特先生）。"

这个董事会的成员，我还是对上号了。头一个，泰松，一九七二年九月，我误收从丹吉尔[1]给我父亲打来的这份电报：1194丹吉尔34601速结清办公室租金——断——我的女秘书固定——断。速答复泰松。这个泰松，

---

① 丹吉尔：摩洛哥的城市。

是在丹吉尔的金融家。至于卡菲尔托拉斯公司的梅尔诺特；他曾是免税区国际董事会成员。

再有，在一九六三至一九六四年间，我随同父亲见到了董事会的第三人：夏尔·吕什威。我父亲拿这个夏尔·吕什威作为失败的例证，让我当心学习不要过分注重“文学”：夏尔·吕什威在路易大帝中学，念巴黎高等师范学校文科预科班，跟罗歇·瓦扬和罗贝尔·勃拉西拉是同学，结果他一生没干一点儿正经事儿。从形貌上看；像一个轻浮的瑞士人，爱喝啤酒，一个穿便装的宗教人士，戴一副金丝边眼镜，嘴唇软塌塌的，往往偷偷跑日内瓦的“男性公共便所”。他离了婚，五十岁又跟一个比他小得多的、矮胖留短发的女人一起生活，住在十六区底层没有窗户的一间屋子。别人能感觉出来，他准备达成任何妥协。他可能充当我父亲的总管和“男爵”，这并不妨碍他像答尔丢夫[①]那样，装腔拿调地教训我。一九七六年，我在孔蒂河滨路公寓的楼梯上遇到

① 答尔丢夫：莫里哀（1622—1672）的剧作《伪君子》的主人公。莫里哀是法国古典主义喜剧的创建者，他以天才的创新，开辟出一条堪与悲剧相媲美的古典主义喜剧之路，从而成为世界级的喜剧大师。他的喜剧不仅针砭时弊，鲜明地刻画了社会风俗，还深刻地剖析了人性的弱点和误区。他创作演出了大量喜剧，流传下来的有三十余种，如《伪君子》《贵人迷》《恨世者》《吝啬鬼》等久演不衰。

他，人明显见老，脸颊胖肿，一副流浪汉的样子，梦游似的胳臂上挎着食品袋。我发现他就住在五楼的套房，我父亲去瑞士了，房中空空如也，没有一件家具，连暖气、水电都断了。他和妻子占据空屋，勉强生活。妻子打发他上街买东西——也不过是几个罐头。她变成了一个泼妇：这个倒霉鬼每次回到空房，我都听见她大吼大叫，猜想恐怕他不再出席莫居皮亚公司董事会的会议了。一九七六年，我错收了这家金融公司的一份报告，内容是“已经向我们公司在波哥大的律师发出指示，到哥伦比亚法院启动赔偿的诉讼程序。我们以此件告知你们，你们的总经理是提姆伯南美洲公司的董事，在这家子公司中代表我们的公司”。然而，生活是残酷而不公正的，打破了最美好的梦想：总经理永远也拿不到波哥大方面的赔偿金。

一九六二年圣诞节。那年圣诞节是否真的下了雪，我已经记不清了。不管怎么说，我在记忆中，看见夜间大雪纷飞，落到公路和马厩上。若泽和亨利·B把我接到圣洛种马场。若泽姑娘在我母亲外出时看护我，从我十一岁到十四岁。她的丈夫亨利是种马场的兽医。他们是惟一可托付我的人了。

后来几年，我经常来圣洛，到他们家。这座城市，人称“废墟之乡”，毁于盟军登陆的轰炸中，许多幸存者都失去了他们身份的踪迹和证明。必须重建圣洛，一直建到五十年代。我去阳台咖啡馆和市图书馆，亨利则带我去周围的农场，即使夜里叫他，他也得去给牲畜医治。恰恰是在夜晚，想到所有这些马匹在我的周围守护，或者在马厩里睡觉，我就放心了，至少这些马匹不会被送到屠宰场了，不像一天早晨，我在勃朗西翁门所见到的那一长队。

在圣洛上学的时候，我交了几个女友。其中一个住在发电厂。另一个，十八岁就想上巴黎，注册戏剧学院。她是在火车站附近的一家咖啡馆里，向我透露她的打算的。在外省，在安讷西，在圣洛，所有梦想和晚间漫步，都出现在发往巴黎的火车站前。

一九六二年这个圣诞节，我读了巴尔扎克的《幻灭》。我一直住在房子顶层的同一间屋，窗户对着大路。记得每逢星期天，午夜时分，一个阿尔及利亚人沿这条路走向工棚，不断地喃喃自语着。圣洛令我念起《深红色窗帘》[①] 的亮灯窗户——仿佛我在那老房间，或者我的

---

① 法国导演阿莱克桑德拉·阿斯图克的一部黑白影片，获1952年的路易·德吕克奖。

青春里忘记了关灯。巴尔贝·多尔维利[1]就出生在这附近，我参观过他的故居。

---

① 巴尔贝·多尔维利（1808—1889），法国作家，著有长篇小说《德·图什骑士》。他以纨绔子弟的做派和凌厉的文章，装扮成文人的总管人物。

一九六三年。一九六四年。混淆的两年。缓慢的日子，雨天……然而有时，我却领略到第二状态：我摆脱了这种灰蒙蒙的天地，进入到一种陶醉和梦游的混合感觉，正像在一个不眠的春天之夜后，行走在街道上。

一九六四年。我在火车站大街的一家咖啡馆里，遇见一个名叫卡特琳娜的姑娘，她有着阿莱蒂街区的巴黎人的优雅和口音。我记得那年的春天，沿着露天地铁掠过的栗树叶丛。火车站大街，低矮的房屋当年还没有拆毁。

我母亲在杂剧院扮演一个小角色，演出弗朗索瓦·比耶杜[①]的一个剧本：《世界怎么样，先生？世界

① 弗朗索瓦·比耶杜（1927—？），法国作家。前期创作小说，在法国广播电台工作，成绩斐然。后来转而写剧，1961 年，他的剧作《滚到托尔普家去吧》搬上舞台，演出非常轰动。除了小说，他创作九种剧本，主要表现家庭关系和爱情。他后期剧作向我们表现梦幻与真实，并不消除两者的界限，这一点不同于尤奈斯库和让·阿努伊。

在自转，先生……》鲍里斯·维昂[①]的妻子，于尔舒拉·库伯莱也在剧中扮演了角色。她开一辆红色摩根牌轿车。我去过几次她和他的男友家，男友霍特·德戴埃，自称威龙。她教我如何跟鲍里斯·维昂跳熊舞。我很激动，看到了鲍里斯·维昂收藏的全部唱片。

七月，我避居到圣洛。空闲的午后，我经常光顾市立图书馆，同一位金发女郎邂逅。她带着几个孩子、几只狗来度假，住在特鲁维尔高地上的一座别墅里。在占领时期，她十四岁，就成为圣德尼荣誉勋位团学校的寄宿生。是从前寄宿学校的女生。母亲给我写来信："你在那儿若是待得好，那就尽量久留。我生活上花销很少，省下来的钱就寄给拉菲特百货商场，偿还我的欠款。"

九月，在圣洛，又接到母亲一封信："我不相信今年冬天，我们能取上暖，但是总得想办法。因此，我的孩子，我要你把省下的钱全给我寄来。"这个时期，我"顺

---

① 鲍里斯·维昂（1920—1959），法国作家。多才多艺，当过演员、酒吧歌手，爵士乐演奏者，新闻记者。当时存在主义风靡巴黎，维昂出入日耳曼草场区"存在主义"酒吧和夜总会，组织盛极一时的爵士乐演奏会和唱片灌制，在战后的时髦文化氛围中格外引人注意。他创作的小说《揪心》(1953）等，继达达主义和科克托之后，再度用诗意使生活摆脱粗鄙而乏味的日常表象。

走”些图书挣点儿钱。在另一封信中，有一线希望：“冬季来了，肯定不会像去年那样，我们度日如年……”

我接到父亲的电话，他没有征求我的意见，就为我注册了波尔多市米歇尔-蒙田中学高级文科班。所谓他得“管理我的学习”。他约我第二天，在卡昂火车站餐厅见面。我们乘坐第一趟火车回巴黎。那个冒牌的米莱娜·戴蒙若到圣拉扎尔车站接我们，开车把我们送到欧斯特利茨车站。我心下明白，正是她要求把我流放，远离巴黎。父亲要我奉送我手上戴的紫晶戒指，作为同冒牌的米莱娜·戴蒙若和解的证物，而这枚戒指是我的女友，那个“从前寄宿学校的女士”送给我的留念。我拒绝送上这枚戒指。

到了欧斯特利茨车站，父亲和我上了开往波尔多的火车。我一件行李也没有带，形同被劫持走了。我同意随他一起走，是希望能跟他讲讲道理；两年来，我们总是约在咖啡馆匆匆见面。这还是第一次相处这么长时间。

我们晚上抵达波尔多。父亲在富丽饭店为我们俩要了一间客房。随后几天，我们就到卡特琳娜大街逛商场，添置我这住宿生的行头——校长已向我父亲通报了所需物品的清单。我还是想尽量说服他这一切都是徒劳的，可他却锲而不舍。

一天晚上，在波尔多大剧院门前，我撒腿就跑，想把他甩掉。随即，我又心生怜悯，再次试图开导他。他为什么总要摆脱我呢？就让我留在巴黎，这样事情不是更简单吗？我已经过了囚禁在寄宿学校的年龄。他什么也听不进去。于是，我就佯装服从了。还像从前一样，我们去看电影……返校的星期天晚上，他叫了出租车，陪我到米歇尔-蒙田中学。他给了我一百五十法郎，让我签了收条。为什么呢？他坐在出租车里，一直等我走进学校的大门廊。我提着箱子上楼进宿舍。有几名寄宿生把我当成“新生”，逼我念一篇希腊文课文。于是，我决定逃离。我拎着箱子走出学校，到图尔尼林荫路上杜贝恩餐馆用晚餐，是这几天父亲带我来吃饭的地方。然后，我乘出租车直奔圣若望火车站。有一趟夜车开往巴黎。这一百五十法郎就所剩无几了。波尔多素称“海路”之城，真遗憾我没有很好了解。也遗憾没来得及呼吸一阵松树和松脂的气味。第二天到巴黎，我在楼梯上撞见我父亲。他见我又冒出来，不禁惊呆了。很长一段时间，我们照面互不理睬。

一天天，一月月过去。季节亦然，春去秋来。当时我真想倒回去，重新好好过过我蹉跎的所有岁月。然而怎么可能？

现在，我徜徉在尚皮奥索街，正是午后晚半晌，满目是夕阳。我的时光在蒙马特尔度过，处于白日做梦的状态。我比在任何地方感觉都好。拉马克-科兰古地铁站和上升的电梯，桑·克里托巴商场和对角楼梯。特拉斯饭店的咖啡馆。有那么一会儿，我感到了幸福。晚上七点，同梦想约会。贝尔特街冰冷的栏杆。而我的呼吸，总是那么短促。

一九六五年四月八日，星期四，如果一个老记事本可信的话，我们母子俩一文钱也没有了。母亲要求我上门向父亲索钱。我心如死灰，登上楼梯。我本来就不打算按门铃，可是母亲在楼梯平台，威胁地盯着，目光和下颏儿凄然，嘴角冒着白沫。我按响门铃。他叭的一声把我关在门外。我再次按门铃。冒牌的米莱娜·戴蒙若吼叫起来，要打电话报警了。这工夫，我又下到四楼。警察来抓我了。我父亲陪伴他们。在门房惊奇的目光下，警察让我们俩都上了停在楼前的囚车。我们并排坐在长凳上。他不跟我说话。我生来头一遭被塞进囚车，也是巧合，与我父亲同在一辆囚车。他呢，已经有过这种经历了，一九四二年二月和一九四三年冬季，当年他是因犹太人问题被警局的法国警官收走的。

囚车沿圣父街到圣日耳曼大街，遇红灯停在双叟咖啡馆[①]门前。我们到修道院街的警局。我父亲向警官告我的状，说我是个“流氓”，去他家“制造事端”。警官告诫我，再有“下次”，他就把我扣下了。我明显感到，能把我永远丢给警局，我父亲心里就快慰了。我们一同回孔蒂河滨路。我问他为什么由着冒牌的米莱娜·戴蒙若报警，为什么在警官面前罗织我的罪名。他始终一言不发。

就在这同一年，一九六五或者一九六四年，我父亲雇人拆除了连接两层的内楼梯，两套房间就彻底分离了。我打开房门，只见小屋堆满瓦砾，中间有几本我们童年的书，以及寄给我弟弟的明信片，当初放在五楼，现在都撕烂了，丢在碎砖石块中间。五六月份。始终留连于蒙马特尔高地。天气晴好。春天，我待在修道院街一家咖啡馆的露天座。

七月。乘夜班火车，站在走廊里。前往维也纳。我在西站附近一家不伦不类的旅馆住了几夜。随后，我在圣查理教堂后面，找到一间屋可以栖身。在哈维尔卡咖啡馆，我遇见各色各样的人。一天晚上，我就是在那里同他们一起庆祝我的二十岁生日。

我们在波茨伦斯道夫花园，也到海利根斯塔特那边

---

① 巴黎左岸圣日耳曼大街当时有名的文化咖啡馆。

一座工人花园进行日光浴。格拉本附近的拉伯咖啡馆，有一间阴森的屋子，一个人没有，我们就听碧雅芙[①]的歌曲。总是这种微醺，又掺杂几分梦游的状态，仿佛失眠一个通宵之后，行走在夏日的街道上。

有几次，我们一直走到捷克和匈牙利的边界。大片旷野。一些屋顶岗哨楼。如果有人走进那片区域，他们就朝你开枪。

九月初，我离开维也纳。正如歌中所唱的：离开这个地方，轻轻说声“再见”[②]。我们的约瑟夫·罗特[③]的一句话令我想起，四十年我没有再见过的维也纳。我还能再见到吗？“这些战战兢兢、转瞬即逝的夜晚，要抢在消逝之前，必须尽快抓住，我尤其愿意在公园里，在沃尔克斯加滕，在普拉特，要出其不意，突然抓住夜的最后亮光，最为柔和，依然透进一家咖啡馆里的光，幽微而清淡，宛若一缕疏香……”

夜班火车，二等车厢，在西站上车，从维也纳开往

---

① 碧雅芙（1915—1963），法国女歌唱家和演员，演唱法国民歌闻名世界。

② 原文为德文 Sag'beim。

③ 约瑟夫·罗特（1894—1939），奥地利新闻记者和地区性小说家。他的最优秀小说：《拉德茨基进行曲》（1932），是描写帝国末日的最佳画幅。此后他流亡巴黎，又创作了六部小说，主要悲叹一个稳定年代的逝去。

日内瓦。我到日内瓦已是午后晚半晌，换乘长途旅行车去安讷西。到安讷西夜深了，正下瓢泼大雨。我身上一文不名，到王府街，下榻英国饭店，还不知如何付房费呢。安讷西，我已经认不得了，这个夜晚，在雨中，就是一座幽灵城市。火车站广场，他们拆毁了老饭店和旧楼房。第二天，我遇见几个朋友。他们当中许多人，都已经去服兵役了。夜晚，我恍若看见身穿军装，行走在雨中。我总归还剩下五十法郎。可是，英国饭店客房很贵。逗留的这几天，我返校看了看托讷圣约瑟夫中学，看望我从前的文学课老师，阿康勃雷神甫。我从维也纳给他写过信，请问他下一个学年，是否可能给我一个岗位，当学监或者辅导老师。我觉得自己是要逃离巴黎，我那可怜的父母没有给我一点点精神上的支持，撂下我靠墙站着。我收到阿康勃雷神甫两封信。“我很希望这次开学，学校聘用你当老师。我同校长谈过了。教师班子已经满员了，不过，到八月底之前，还可能有变化，但愿你能加入我们的队伍。”在一九六五年九月七日的信中，他给我写道：“这些日子，我排出的时间表表明：一九六五—一九六六学年，人员富富有余。不可能给你工作，即使安排半班也不行……”

不过，生活仍旧继续，却不大清楚彼时，何以同这些人而不是另些人打交道，何以在某地而不在别的地方，影片是原版还是复制版。如今还留在我记忆中的，无非是一些零散的镜头。我注册了文学院，只为拖延服兵役，绝不会去上课，我是个幽灵大学生。让·诺尔曼（又名：让·杜瓦尔），数月以来，住到孔蒂河滨路，占用原先连接四楼和五楼的内楼梯的那间小屋。他在一家房地产公司上班，但是他被判禁止在巴黎逗留。这是我后来才知晓的。我母亲大约是在一九五五年认识他的。诺尔曼那年二十七岁，因抢劫罪被判刑而刚刚出狱。也是天缘凑巧，他非常年轻，就跟苏姗娜·布克罗打了几次劫，而我和弟弟在茹伊昂若萨，也正是住在苏姗娜家。后来，他已入了狱，因为一九五九年，他还在普瓦西总监狱。他来到破烂不堪的套房，找人施工，进行了必不可少的修缮。可以肯定，他付钱给我母亲。这个诺尔曼（又名：杜瓦尔），我很喜欢他。一天晚上，他在我的房间壁炉上，悄悄放了一张面值一百法郎的钞票，他走后我才发现。他开着美洲豹汽车，第二年发生本·巴尔卡[1]事件

---

① 本·巴尔卡（1920—1965），摩洛哥流亡巴黎的革命政治家，是反对哈桑二世的流亡领袖。他在国内以叛国罪被缺席判处死刑。1965年10月遭绑架，很可能被暗杀，酿成一场政府危机，法国与摩洛哥断交长达四年。

时，我从报纸上得知，别人给他起个绰号，叫“大个头美洲豹”。

约摸一九六五至一九六六年间，一个事件：晚上十点钟，我独自在房间，听见楼上很重的脚步声，是我父亲家中，还听见掀翻家具，打碎玻璃的一片声响。继而，肃静下来。我打开朝楼梯的房门。两个膀大腰圆的杀手或者便衣警察模样的家伙快步下楼梯。我问他们出了什么事。其中一个蛮横地摆了摆手，冷冷地对我说了一句：“请您回屋去。”我听见父亲屋里走动的声音。可见他在家……我犹豫要不要给他打电话，自从那次去波尔多，我们可是再也没有见面，我确信他一听是我就会挂断电话。两年过后，我要他对我讲那天晚上发生的事。他装作听不明白我说什么。我认为他这个人，有十位初审法官也问不出什么来。

一九六五年这个秋季，我兜里揣着几张印有维克多·雨果肖像的五法郎钞票，晚上光顾吕泰斯剧院附近的一家餐馆。我也躲到十五区，菲利克斯-富尔林荫路的一个房间，在那里，一位朋友寄放了收集十年的《巴黎赛马报》，他用来进行神秘的统计，以便在欧特伊和隆尚赛马场赌博。虚幻。记得我还是发现了一个去处，那是在格雷奈勒街区，多亏了那一条条由黑线划出来的，直通塞纳河边的小街。有时夜里很晚，我乘坐出租车去，五法郎车费。十五区边缘，经常有警察设卡检查。我早把我证件上的出生日期动了手脚，一九四五年改为一九四三年，这样便已成年。

雷蒙·格诺[①]很热心，每星期六接待我。往往是一到下午，我们就从讷伊沿左岸走回来。他向我提起他同鲍里斯·维昂的一次散步，一直走到几乎无人知晓的一条死路，深入十八区，在欧斯特利茨火车站台和铁道之间：雅里十字架街。他建议我去看一看。我看出来，格诺最高兴的时刻，就是他下午散步时，因为他要为《不妥协报》写关于巴黎的文章。我不免琢磨，我在这里回顾这些逝去的年代是否值得。我也跟格诺一样——只有独行街头，寻找阿涅尔良种狗的时候，我才真正体现自我。那时候，我养了两只狗，叫雅克和保罗。一九五二年，在茹伊昂若萨，我和弟弟有一只母犬，取名佩吉，一天下午，在库尔译讷博士街被轧死了。格诺非常喜爱狗。

---

① 雷蒙·格诺（1906—1976），法国作家，他把他的小说《皮埃尔我的朋友》（1942）、《地铁姑娘扎姬》（1959），以及诗作《吉欧一家》（1943）、《万万亿首诗》（1961）当作语言功能的持续试验。

他给我讲了一部西部片，其中有印第安人和巴斯克人的一场残酷搏斗。巴斯克人的出现引起他的极大好奇，也让他忍俊不禁。我终于发现了是哪部影片：《晴天霹雳》[①]。内容提要明确指出：印第安人反对巴斯克人。为纪念格诺，我倒希望深入一个偏僻的街区，在一家被人遗忘的拆毁的影院里，观看这部电影。格诺的笑。半像间歇喷泉，半像旋转玩偶发出的嘎嘎声。我不善于使用比喻。这纯粹是格诺的笑。

一九六六年。一月的一天夜晚，大约十一点钟，让·诺尔曼回到孔蒂河滨路。家里只有我一个人，和他在一起。收音机开着，播送一条新闻：菲贡在雷诺德街的单间公寓，在警察破门而入的时候自杀了。他是本·巴尔卡案件的主凶之一。诺尔曼登时面失血色，当即打了个电话，冲一个人吼叫一通。他很快挂断电话，向我解释说，一个小时前，菲贡还跟他一起吃晚饭，菲贡是个老朋友，从上圣巴尔伯中学时关系就密切。他没有告诉我，五十年代，他和菲贡都关在普瓦西总监狱，这是我后来才知道的。

各种各样的小事件层出不穷，从我们身上滑过去，

---

① 1959 年上映的一部美国西部片，导演为鲁西奥·鲁斯。

没有留什么痕迹。在印象中，你还未能过上自己真实的生活，只是个秘密的过客。这种偷偷摸摸的生活，有些碎片又浮现在我的脑海。在复活节，我偶然读到一份杂志的一篇文章，是关于让·诺尔曼和本·巴尔卡案件的，标题为：《还等什么不审问这个人呢？》同时刊登诺尔曼的一张大照片，附上这样一段说明文字："他那张脸型是用斧头砍出来的，再用风镐雕琢一番。他名叫诺尔曼，又自称杜瓦尔。菲贡叫他'大个头美洲豹'。一个乔治·菲贡，是诺尔曼，又名杜瓦尔的老相识了……"

这年春季，有时我就躲到勒加尔街，马尔雅恩·L家。他的公寓套房是一帮人的聚会地点：这些人没有指南针，航行于圣日耳曼草场区、蒙巴纳斯区和比利时之间。其中有的已经处于迷幻状态，来往于伊维萨岛[①]，就在此落落脚。在勒加尔街，也能碰到一个叫皮埃尔·杜维尔兹（或杜维尔茨）的人：一头金发，三十五岁，蓄留髭胡，穿一身浅色方格细呢装。他讲法语，是一口高雅的国际声调，衣服的翻领还挂着军功章。他声称当年在圣麦克桑军校曾是士官生，跟一个"吉讷姑娘"结了婚；他时常给一些大使打电话，而经常伴随左右的一个

① 伊维萨岛：属西班牙，巴利阿里群岛中的一个岛屿。

家伙，则长一颗随时准备让他吞掉的脑袋，他还吹嘘同一个伊朗女郎有关系。

还有一些身影，其中有个叫杰拉尔·马西亚诺的。还有多少人；已经被我遗忘，他们恐怕暴卒，早已不在人世了。

一九六六年春，在巴黎，我注意到气氛有所变化，某种气氛的变奏，一九五八年十三岁时，在接下来的阿尔及利亚战争结束时，我就有过这种感觉。不过这回，在法国，却没有发生任何重大事件，毫无断裂点——要不然我就是忘记了。说来实在惭愧，我还真讲不好一九六六年六月，世界发生了什么事。我们走出一条隧道，但究竟是什么隧道，我不得而知。扑面而来的这股清新空气，在以前的季节，我们未曾体验过。莫非是二十岁人的幻想，每次都以为世界跟他们一起开始吗？那年春天，我觉得空气更为轻盈。

本·巴尔卡案件之后，让·诺尔曼不再住孔蒂河滨路，已经神秘地消失了。大约是五六月份，我被传唤到毒品搜查队，要求我面见某位朗格莱警官。他在一间办公室，在来来往往的其他警察中间，一连审问了我三个小时，在打字机上录下我的回答。令我大为诧异的是，他说有人检举我嗜毒，贩卖毒品，给我看一张杰拉尔·马西亚诺的模拟像，那是我在勒加尔街遇见过一两回的人。我的名字似乎在他的记事本上。我说我从未见过他。警官要求我给他看看胳臂，检查上面是否有注射毒品的针眼。他威胁我说，要搜查孔蒂河滨路的住处，以及我在菲利克斯-富尔林荫路藏身的那个房间。看起来，他并不知道勒加尔街存在的那个点，这让我感到奇怪，因为那个杰拉尔·马西亚诺经常光顾那套公寓。警官放了我，还明确告诉我，我可能还要接受另一次询问。可惜的是，询问从来问不到点子上。

我让马尔雅恩·L当心毒品搜查队，也当心杰拉尔·马西亚诺，不过，此人再也没有露面。皮埃尔·杜维尔兹后来也被捕了，当时他正在一家武器商店，购买或者出售一把手枪。杜维尔兹是个骗子，签发逮捕证被抓起来了。而我呢，干了一件蠢事：我偷了杜维尔兹放在马尔雅恩·L家的非常华丽的服装，共有好几套，还拿走马尔雅恩·L房东的一架风琴。我同圣保罗花园街的一个旧货商讲好，东西全给他，卖五百法郎。他向我解释说，他从属于克利希街区的一家旧货商，非常熟悉茹瓦诺维奇。如果我有别的物品要脱手，尽可以给他打电话。他还多给了我一百法郎，显然被我的羞怯感动了。次年，我就弥补这件蠢事，用我第一笔作者版权所得偿付了所偷的风琴。我也情愿再给杜维尔兹买几套衣服，可是，我再也没有他的消息了。

干脆彻底坦白好了：一九六三年，我母亲和我，我们认识在跳蚤市场卖东西的一个波兰人，卖给他四套几乎全新的服装、衬衣和三双还带白木鞋撑的皮鞋，是我父亲的一个朋友罗贝尔·弗利放在一个柜橱里的。他也跟杜维尔兹一样，穿一身浅色方格细呢装，不知哪天就无影无踪了。那天下午，我们一个铜子都没有了。我去多菲纳街食品杂货店退酒瓶，才换回押金的一点零钱。当时，一根棍子面包要四十四生丁。后来，我又从私人和图书馆窃取一些书籍卖掉，只因我缺钱。有格拉塞出版的《在斯万家这边》[①]一本初版，由阿尔托[②]题赠给马尔罗[③]的，还有蒙泰朗题词的几部小说、塞利纳的信件、一八一九年出版的一本《国王武官职图》、魏尔伦的《女人与翁布尔牌[④]》的秘密版本、几十册七星经典和艺术著

---

① 法国作家普鲁斯特（1871—1922）长河小说《追忆似水年华》的第一卷。

② 阿尔托（1896—1948），法国作家、诗人。他在论著《戏剧与复制品》的“残酷戏剧”观影响了当代文学。

③ 马尔罗（1901—1976），法国作家、政治家。著有中国社会背景的小说《人的境遇》（1933）、《希望》（1937）等。

④ 翁布尔牌：一种西班牙牌戏，即扑克牌中去掉 10、9、8 点，共四十张牌，十七世纪曾盛行于法国。

作……自从开始写作了，我就再也没有犯小偷小摸的毛病。我母亲尽管高傲，到了“漂亮的女园丁”或别的商店，有时也从货架上顺几件“奢侈品”和皮件。她从未被人当场抓住过。

然而，时间流逝，一九六六年夏临近，我也随之到了所谓的成年，避居到凯勒曼大街的街区，光顾附近的大学城，及其大片草坪、餐厅、小酒吧、电影厅和大学城居民。交了朋友，有摩洛哥人、阿尔及利亚人、南斯拉夫人、古巴人、埃及人、土耳其人……

六月，父亲和我，我们和解了。我经常能在吕特蒂亚饭店前厅见到他。我发觉他对我不怀好意。他试图说服我先去服兵役。他还对我说，他会亲手安排，将我编入勒伊兵营。我假装听从，好让他给点儿钱，够我度过“非军人”的假期就行了。他确信我很快就要到军旗下。我即将二十一岁，他也会最终摆脱掉我了。他给了我三百法郎，这是他一生中给我的唯一一次“零花钱”。拿到这笔“奖金”，我高兴极了，情愿答应他应征入伍。现在我还想，是什么神秘的命数总唆使他，将我打发得远远的：教会学校、波尔多、警局、军队……

赶在秋季军营之前，尽快动身。七月一日一早，我就登上开往里昂的火车。二等车厢，挤得满满当当。这是假期的头一天。大部分时间，我都站在车厢过道。将近十小时行程，到达南方。汽车沿着海边行驶。伊桑布尔、圣·马克西姆。自由与探胜，短暂的印象。在我生活的标识中，夏季总是很突出，尽管由于漫长的中午，一年年夏季最终相混淆了。

我在拉加德·弗雷奈小广场边租了一间屋。正是在那里，在咖啡馆餐厅露天座的凉棚下，一天下午，我开始写我的第一部小说。对面是邮所，在这阳光和睡眠的村子里，每天只开门两小时。在那年夏天的一个晚上，我年满二十一岁了，第二天，我就又要登上火车了。

到巴黎，我藏匿起来。那是八月份。晚上，我去枫丹白露影院，在意大利林荫路，再去瀑布餐馆，在雷伊林荫路……我给父亲一个电话号码：Gobelins 71-91。他早晨九点就给我打来电话，而我上了闹钟，下午两点钟才起床。我继续写小说。最后见我父亲那一面，是在巴比伦街和拉斯帕伊大街的拐角，那家咖啡冰淇淋店。接着，我们之间就是往来信件。“阿贝托·鲁道尔夫·莫迪亚诺，巴黎六区，孔蒂河滨路 15 号，一九六六年八月三日。亲爱的帕特里克，鉴于你决意任性而为，无视我的决定，那就要面临如下的局面：你二十一岁了，也已成年，对你我再也没有责任了。因此，你就不要指望得到我任何帮助，任何性质的支持；无论物质上的还有精神上的。我对你采取的决定很简单，你接受与否，都没有讨论的余地：你取消了到八月十日前的延期入伍，准备十一月份入伍。星期三早晨，我们说定一同去勒伊军营，以便撤消你的延期。我们约定十二点半见面，我一直等到十三点一刻，这是你一贯的方式，虚伪而无教养的青年，不赴约甚至不屑于打个电话道歉。可以告诉你，这是你最后一次机会，对我表现一种如此卑劣的行为。你选择吧，或者随心所欲地生活，完全彻底放弃我的支持，或者遵从我的决定。由你抉择。我可以绝对肯定地告诉你，不管你怎么选择，生活会再次教育你，你父亲是多么有道理。阿贝托·莫迪亚诺。又及，补充一句，我特意召集了我的家庭成员，说明了情况，他们完全同意我的看法。”什么家庭呢？《桑利斯的约会》[①] 中租一晚上的家庭吗？

“巴黎，一九六六年八月四日。亲爱的先生，要知道上一个世纪，那些‘招兵的大官’将他们的受害者灌醉了，让他们按手印当兵。您这么急着想把我拉进勒伊军营，令我想起这种招数。这次服兵役，给了您摆脱我的

① 法国剧作家让·阿努伊 1941 年的剧作。

良机。上周您许诺给我的‘精神支持’，那些士官会接手。至于‘物质的支持’，那就微不足道了，因为我在军营管吃管住。总之，我决意任性而为，无视您的决定。这样，我要面临如下局面：我二十一岁了，也已成年，您对我再也没有责任了。因此，我不能指望得到您任何帮助，任何性质的支持，无论物质上的还是精神上的。”

如今我后悔给他写了这样一封信。可是，我又能怎么办呢？我并不怨恨他，而且也从未怨恨过。我只是害怕，又被囚禁在东部的一座军营里。假如他再晚十年认识我——这里拿米莱依·乌鲁索夫的话说——那么我们之间就不会有一点点问题了。他一定会兴趣盎然地听我对他谈文学，而我呢，也会向他提问题，问及他这大资本家的计划，他那神秘的过去。那么，生活就是另一番情景：我们挽着手臂逛街，约见也不再避讳任何人了。

“阿贝托·鲁道尔夫·莫迪亚诺，巴黎六区孔蒂河滨路 15 号，一九六六年八月九日。我收到你八月四日的来信，不是写给你父亲，而是写给‘亲爱的先生’的。看信的内容，才明白指的是我。你的不诚实和虚伪出了格。这又是波尔多事件的翻版。我让你十一月去当兵，不是轻率的决定。我认为势在必行：你不仅要换换环境，而且你的生活也应有纪律的约束，不可放任自流。你挖苦的话实在卑鄙。我记下你的决定。阿贝托·莫迪亚诺。”我再也没有见过他的面。

秋到巴黎。我继续写我的小说，每天晚上，在凯勒曼大街居民大楼的房间里，也在穆歇海军上将街尾的两家咖啡馆。

一天夜晚，我暗自纳罕，为什么我同另一些人，到塞纳河的另一边，相聚在乔治和吉吉·达拉干家，而我十四岁半的时候，就曾为了吉吉逃过学……当年她住布鲁塞尔，我母亲在孔蒂河滨路接待她。从那以后，圣日耳曼草场的几位科幻作者、“惶恐”派的几位艺术家就聚拢在她的周围。他们一定都在追求她，而她在丈夫淡漠的眼皮底下，向他们示爱。乔治·达拉干，布鲁塞尔的实业家，花神（咖啡馆）的名副其实的支柱，他就钉在座位上，从九点钟泡到半夜，无疑是为补回在比利时虚度的岁月……跟吉吉在一起，我们谈论过去和已经远逝的我的少年时期。她向我讲述，我父亲晚上带她去“贝壳夏洛王”……她保留了对我父亲的温馨记忆。那是个迷人的男人，遇到那个冒牌的米莱娜·戴蒙若才变了。娜塔莉，原来是空姐，是一九五〇年他在巴黎—布拉柴维尔的一次航班上认识的，后来她向我讲述，我父亲手头拮据的日子，不是带她去贝壳夏洛王餐厅，而是去罗杰薯条店吃晚饭……我胆怯地向乔治·达拉干和吉吉提议，看看我的小说手稿，就好像把他们家当成德·卡雅维夫人和先生的沙龙了。

所有这些人，在六十年代相遇，后来我再也没有机会见面，也许他们在一种平行的世界继续生活，躲避了岁月的消磨，仍然保持他们从前的面貌。刚才我在阳光下，沿着空荡荡的街道徜徉，又恍若回到当年的情景。你在巴黎面对初审法官的审讯，如同阿波利奈尔在他的诗中所说[①]。初审法官向我出示照片、材料、物证[②]。然而，我的生活，并不完全是这些。

一九六七年春。大学校园草坪。蒙苏里公园。中午，斯奈玛公司工人们来光顾大楼下面的咖啡厅。杨树广场，六月的一天下午，我得知他们接受了我的处女作。斯奈玛公司大楼，夜晚，就像搁浅在凯勒曼大街的一条邮船。

六月的一天晚上，在当库尔广场的实验剧院，演出

---

① 1911 年 8 月 21 日，卢浮宫博物馆名画《蒙娜丽莎》失窃，案件牵连一些艺术家，诗人阿波利奈尔（1880—1918）被拘一周，写了《狱中篇》组诗，收入 1913 年出版的《烧酒集》中。

② 摩洛哥流亡巴黎的革命政治家本·巴尔卡遭绑架，疑被杀害的案件嫌疑人让·诺尔曼一段时间曾住在孔蒂河滨路，另有一个贩毒案件，都牵连到莫迪亚诺。此处即指他被传讯并躲藏的艰难时期。

欧狄贝蒂[①]一出奇妙的剧:《皮革心》。罗杰受聘为实验剧场经理。罗杰和香塔王再结婚的当晚，我和他们一起用晚餐，那是在我始终没有想起名字的某个人的小套间，同样在这路灯闪烁的当库尔广场。饭后，他们开车出发去远郊区了。

那天晚上，我有生以来第一次感到轻松了。这些年来一直压迫我，逼我时刻保持警觉的威胁，消散在巴黎的空气中了，虫蛀的浮码头塌毁之前，我已驶入远海。真悬啊!

---

① 欧狄贝蒂（1899—1965），法国诗人、小说家，尤以戏剧创作见称，共写了二十种剧本，主要表现善与恶的斗争。